# De val

Van Elle van den Bogaart verschenen ook:

*De gele scooter* (Debutantenprijs Jonge Jury 2005)
*Krassen*
Duizend kilometer
*Prooi* (Genomineerd door de Jonge Jury 2008)
Vermist

*Elle van den Bogaart*

# De val

Van Holkema & Warendorf

ISBN 978 90 475 0728 4
NUR 284
© 2009 Uitgeverij Van Holkema & Warendorf,
Unieboek BV, Postbus 97, 3990 DB Houten

www.unieboek.nl
www.ellevandenbogaart.nl

Tekst: Elle van den Bogaart
Omslagfoto: Stockbyte/Getty Images
Ontwerp omslag en binnenwerk: Ontwerpstudio Bosgra BNO, Baarn
Zetwerk binnenwerk: ZetSpiegel, Best

# vrijdag 18 april, 15.30 uur

## Laura

Alles draait. Het wordt zwart voor haar ogen.

'Hallo, meisje... meisje... Hoe heet je? Hoor je me? Wat is er gebeurd?'
Als ze probeert te praten, komen er vreemde, kreunende geluiden uit haar mond. De afschuwelijk pijnlijke steken in haar buik maken het onmogelijk normaal te praten. Ze probeert haar hoofd te draaien, maar ze wordt door een vreemde hand tegengehouden.
'Rustig maar, blijf rustig liggen. Er is een ambulance onderweg,' hoort ze een vriendelijke mannenstem zeggen.
'Mijn buik, er zit iets in mijn buik,' kermt ze.
'De dokters komen eraan. Stil blijven liggen. Het komt goed,' zegt de persoon naast haar.
Er rollen tranen over haar wangen. De onbekende hand veegt ze weg.
*Wat is er gebeurd? Wat zit er in mijn buik? Ga ik dood?*
Als ze haar zware oogleden weer even opent, ziet ze haar rechterhand in een vreemde houding op de grond liggen.
*Is dat mijn hand?*
Er zijn steeds meer stemmen te horen. Ze klinken gehaast en zenuwachtig.
Pas nu beseft ze dat ze boven op haar fiets ligt en een deel van het stuur waarschijnlijk in haar buik is geboord. Als ze met haar linkerhand naar de pijnlijke plek grijpt, klinkt er een afschuwelijke kreet.

Heel even denkt ze dat de schreeuw uit haar eigen mond kwam, maar dan hoort ze iemand verderop zeggen: 'Rustig. Het komt goed, jongen.'

*Jongen? Welke jongen?*

Dan is er het geluid van meerdere sirenes.

Door het stijgende volume beseft ze dat de auto's snel dichterbij komen.

'Opzij, maak plaats, opzij,' roept iemand nerveus.

Het sirenegeloei ebt weg. Omdat haar hoofd nog steeds wordt vastgehouden, kan ze niets zien, maar hoort ze dat de auto's achter haar rug tot stilstand komen. Schuifdeuren gaan open. De donkere ogen die plotseling voor haar gezicht verschijnen, kijken haar bezorgd aan. Het oogcontact wordt na een paar seconden verbroken door een fel licht dat in haar pupillen wordt geschenen.

'We gaan je helpen. Heb je pijn in je hoofd?'

Ze beweegt voorzichtig haar hoofd van links naar rechts. Even later wordt er een strakke band om haar nek geklemd.

'Een, twee, drie...'

Ze wordt opgetild en op een brancard gelegd. Dit keer weet ze zeker dat het gegil uit haar eigen mond komt. Iemand heeft haar rechterhand voorzichtig opgetild en weer naast haar been laten zakken. Haar ogen vullen zich met tranen.

'Een buikwond, misschien een inwendige bloeding en waarschijnlijk een gebroken pols,' hoort ze de man naast haar zeggen.

Haar lijf schudt heen en weer als de brancard naar de auto wordt gereden. Iedere schok gaat gepaard met snijdende steken in haar onderbuik.

'Je krijgt snel een pijnstillend middel,' zegt de persoon met de donkere ogen.

In een flits ziet ze vanuit haar ooghoeken een jongen naast haar ook op een brancard liggen. Een wildvreemde jongen die zijn hoofd naar haar toe draait en zijn arm uitsteekt. Hij raakt haar bijna aan.

'Sorry,' hoort ze hem kreunend zeggen. Misschien zei hij nog wel meer, maar het lawaai van de sirene die weer wordt aangezet, overstemt alle andere geluiden.

Als ze de auto is binnengeschoven, wordt er een band strak om haar arm getrokken en even later voelt ze de punt van een naald haar vel binnendringen.

'Mijn ouders, ik moet...'

'Stil maar, we hebben in je agenda je gegevens gevonden en je ouders zijn al gebeld,' zegt iemand.

'Wat is er gebeurd?' vraagt ze.

'We weten het niet zeker, maar het ziet ernaar uit dat er een jongen van het viaduct is gevallen. Hij is waarschijnlijk boven op jou terechtgekomen.'

vrijdag 18 april, 16.00 uur

# Kuba

De knokkels van zijn hand kraken als hij tegen de deur stompt. Het raast in zijn kop. Hij schreeuwt allerlei verwensingen door de ruimte. 'Wat een sukkel is die Spin. Straks gaat hij praten, dan zijn we goed nat en verkloot hij alles. Vanaf het begin heb ik getwijfeld aan die gast. Een kleuter kan beter zijn evenwicht bewaren. Zo meteen is hij ook nog vergeten zijn valse identiteitskaart te gebruiken.'

Hij slaat met zijn aansteker de dop van een bierfles en giet de helft van de inhoud in zijn mond. Langzaam veegt hij met de rug van zijn hand over zijn lippen. 'Wat een watje. Hij schrikt al als hij zijn naam hoort roepen.'

'Hij is wel afgevoerd met een ambulance en dat meisje was er echt beroerd aan toe. Je hebt geluk dat Scooter er niet bij was,' zegt Sproet, terwijl hij het klepje van zijn mobiel dwangmatig open- en dichtduwt.

Kuba draait zich langzaam om en roept niet al te vriendelijk: 'Ik heb hem niet gedwongen op de rand te gaan staan. Het was zijn eigen voorstel.'

'Je h-h-hebt hem wel b-b-behoorlijk laten schrikken en je w-w-weet dat hij hoogtevrees heeft.' Het is Tis de stotteraar die het waagt hem uit te dagen.

*Tis moet opletten, anders kan hij een knal tegen zijn stotterkop krijgen.*

Kuba neemt nog een slok en gooit daarna de lege fles op het bierkrat. Langzaam loopt hij naar Tis en legt beide handen op de schouders van zijn maat. 'Je wilt toch niet zeggen dat ik v-v-verantwoordelijk ben voor Spin zijn z-z-zwakke momenten?' vraagt hij, en er verschijnt een gemeen lachje op zijn gezicht.

Tis kijkt naar de grond en zwijgt.

'Nou?'

Geen reactie.

'Nou?'

'Oké, oké, het is n-n-niet jouw schuld.'

Kuba trekt de klep van zijn pet naar beneden en laat zich op de afgesleten leren bank vallen die in de hoek van de schuur staat.

Sproet waagt het om bij hem in de buurt te komen staan en vraagt: 'Kuba, ga je Spin bellen?'

'Later,' is zijn enige antwoord.

Iedereen zwijgt.

*Natuurlijk houden ze hun kop als ik dat wil.*

*Spin is uit vrije wil op het viaduct geklommen. Het was een mooie kans om wat ervaring op te doen. Maar of hij nu in kan schatten waar en wanneer de stenen terechtkomen? Volgens mij heeft een steen iets meer* snelheid dan een mens. Hij krijgt nog wel een kans om te oefenen voordat het zover is.

Sinds de komst van het asielzoekerscentrum door wethouder De Koning officieel bekend is gemaakt, kan Kuba nergens anders meer aan denken en spoken de meest geweldige ideeën door zijn hoofd om het hele plan te dwarsbomen.

*Dat ze al bijna klaar zijn met het renoveren van het leegstaande klooster voor die zwarte profiteurs, zal ze binnenkort berouwen.*

Hij had de anderen duidelijk gemaakt dat het hun plicht is het dorp te beschermen voor de zwarte invasie. Eén voor één hadden ze gezworen in totale geheimhouding mee te werken aan actie Zwart.

*De meesten van hen hebben ook een bloedhekel aan buitenlanders, maar hun toezegging was meer een kwestie van respect voor hem. En terecht: wie zorgt ervoor dat de jongens voldoende geld hebben om te chillen? Wie biedt hen bescherming? Juist ja, ik: Kuba van Dam.*

Voor zover Kuba had kunnen inschatten zouden de auto's met daarin de wethouder en andere zogenaamd belangrijke personen op de dag van de opening rond elf uur onder het viaduct door rijden, als ze in colonne van het stadhuis naar het centrum gingen. Als het voor die tijd niet lukt om iedereen in het dorp ervan te overtuigen dat die criminele buitenlanders een gevaar vormen voor hun dorp, zullen ze de opening op andere manieren proberen te verstoren. Stenen gooien vanaf het viaduct was een van de geplande acties.

*Maar of we daarmee de komst van het centrum tegen kunnen houden? Het is wel zo slim om de anderen te laten denken dat dit dé juiste manier is, dan kan ik ondertussen werken aan een beter plan. Ze moesten eens weten wat er nog allemaal in mijn kop zit.*

Spin was zeker vier meter naar beneden gevallen.

Sproet was de eerste die over de rand had gekeken. Hij had zich na een paar seconden omgedraaid en met een lijkwit gezicht geroepen: 'Wegwezen hier.'

Niemand had nog iets gezegd. Ook niet toen Kuba hen had gedwongen via een omweg naar de schuur te rijden.

Een paar weken geleden had Scooter zijn broertje Spin voor het eerst meegenomen en aan hem voorgesteld. Nerveus hadden ze het antwoord van hun leider afgewacht.

Hij weet nog precies wat hij tegen Spin had gezegd: 'Broertje, krijg je niets te eten thuis? Je hebt mazzel dat we nog wel iemand kunnen gebruiken die door gaten en kieren kan kruipen. Je mag je de komende weken bewijzen.'

Een van de bewijzen had Babyspin een uur geleden proberen te leveren.

*De sukkel.*

De boerende ringtone van zijn mobiel trekt zijn aandacht. Het is Scooter.

'Hoe haal je het in je hoofd om mijn broertje zo uit te dagen?' wordt er aan de andere kant van de lijn geschreeuwd.

'Het was zijn eigen voorstel, vriend,' probeert hij zo rustig mogelijk te antwoorden.

'En nu? Lachen dat hij in het ziekenhuis ligt?'

'Natuurlijk niet, wij balen er ook van.'

'Ja, dat zal vast wel. Ik heb jou nog nooit medelijden met iemand zien hebben.'

'Echt wel. Wat zeggen de artsen?'

'Zijn voet heeft een flinke klap gehad. Hij heeft behoorlijk veel schaafwonden en een lichte hersenschudding.'

'Pfoe, dan heeft hij nog mazzel gehad. Dus het komt goed?'

'Gelukkig voor jou wel. Ik had het je nooit vergeven als hij...'

'Hij gaat toch niet praten, dat broertje van je? Hij had hopelijk nog wel het bewustzijn om niet zijn eigen naam te noemen?'

'Ik weet niet of hij zijn mond houdt en of hij zijn eigen...'

'Dan zorg jij daar maar voor.'

'Ja, ja, en hoe moet ik dat doen?'

'Hou hem gewoon goed in de gaten en beloof hem iets, maakt

niet uit wat. Het is jouw verantwoordelijkheid. Hoe zit het trouwens met die meid?'
'Ze ligt bij hem op de gang.'
'Shit... Spin moet bij haar uit de buurt blijven. Als ze hem gaat vragen wat hij daar deed, zijn we erbij.'
'Moet ik soms zijn kamer barricaderen of die meid vastbinden?'
'Het is jouw broertje. Jij wilde hem erbij hebben, dus jij zorgt dat hij zijn mond houdt.'
Scooter verbreekt de verbinding.
Kuba haalt zijn neus luidruchtig op en gooit zijn mobiel naast zich op de bank.
'Spin redt het wel, hij heeft een gekneusde enkel en wat schaafwonden. Hij mag waarschijnlijk morgen naar huis. Scooter is bij hem en gaat ervoor zorgen dat hij zijn mond houdt,' zegt hij tegen zijn maten, die heel goed beseffen dat ze beter hun mond kunnen houden.
'En die meid?' vraagt Sproet.
'Die is oké. Misschien is ze wel blij dat er iemand op haar is gevallen,' zegt Kuba met een cynisch lachje.

# vrijdag 18 april, 16.15 uur

## Laura

De arts die in de ambulance had gezeten, staat naast haar in de kale witte onderzoekskamer van het ziekenhuis. Hij schijnt voor de tweede keer met een fel lampje in haar ogen.
'Ik ga heel voorzichtig de halskraag van je nek halen. Probeer rustig te blijven liggen,' zegt hij.
Een verpleegster helpt hem.

'Laura, beweeg je hoofd eens langzaam van links naar rechts en vertel me of het pijn doet.'

Ze probeert het voorzichtig en herhaalt de beweging om aan te geven dat het meevalt.

'Goed, dan ga ik even naar je buik kijken.'

Hij klopt een paar keer op zijn vingers die hij naast de wond op haar buik heeft gelegd.

'Au, dat doet pijn,' zegt ze kreunend.

'We gaan een echo van je buik maken. Mag ik nog even naar je pols kijken?'

De deur wordt met veel lawaai opengegooid. Haar ouders stormen de kamer binnen en duwen de verpleegster opzij.

'Ach, meisje toch, wat zie je eruit. Heb je veel pijn? Het komt toch wel goed?' vraagt haar moeder.

De stem van de arts is ernstig, zelfs geïrriteerd als hij zegt: 'Mevrouw, zou u me even mijn werk willen laten doen? Ik snap uw bezorgdheid en zal u zo meteen op de hoogte brengen.'

'Ik wil nu weten welke idioot dit heeft veroorzaakt. Als ik die gast onder ogen krijg, dan... Hoe ernstig is het?' roept haar vader en hij loopt voor de dokter langs naar haar bed. De arm van haar vader stoot onhandig tegen haar pijnlijke pols als hij zich over haar heen buigt.

Haar vader schrikt niet snel, maar hij springt achteruit als ze het uitgilt van pijn.

De arts schudt zijn hoofd en knikt naar de verpleegster, die beide ouders op een vriendelijke, maar dwingende manier een stukje bij het bed vandaan loodst.

'Daar gaat haar turnkampioenschap. Het hele jaar heeft ze zich uit de naad getraind en dan valt er een of andere onbenul op haar,' hoort ze haar vader geïrriteerd zeggen.

*Hoe kan hij nu aan turnen denken?*

De arts doet alsof hij haar vader niet heeft gehoord en tilt heel voorzichtig haar hand op.

'Aaah.'

'Sorry. We gaan een foto laten maken, ik ben bang dat hij gebroken is.'

'Hebt u enig idee hoe lang ze in het ziekenhuis moet blijven? We hebben namelijk een vakantie gepland over twee weken. U moest eens weten hoe belangrijk dat voor mij en mijn vrouw is. En natuurlijk voor onze dochters.'

*Hij zal eens een keer niet aan zichzelf denken.*

'Als u even plaatsneemt in de wachtkamer, dan kom ik u na de echo en foto's precies vertellen wat er aan de hand is,' zegt de arts en hij begint Laura's bed naar de deur te rijden.

'Ja, maar ik heb het recht om te weten...' roept haar vader en ze ziet nog net zijn verontwaardigde gezicht voordat de deur met een klap dichtvalt.

Even later staan ze zonder haar ouders in de lift.

'Tweede verdieping,' zegt de arts en heel even knikt hij bemoedigend in haar richting. 'We gaan ervoor zorgen dat je straks nergens meer last van hebt.'

'Ook niet van mijn ouders?' zegt ze kreunend.


Drie uur later ligt ze een kale ziekenhuiskamer en probeert ze haar hand die in het gips zit, voorzichtig op te tillen. Het voelt vreemd, maar de pijn is gelukkig een stuk minder.

'Geen ernstig letsel,' had de arts een paar minuten geleden geruststellend gezegd. 'Je hebt een gebroken pols en er zit vocht in je buikholte. We hebben de wond keurig dichtgemaakt. Er waren tien hechtingen voor nodig. Die zitten ter hoogte van je navel. Het stuur, waarvan we vernomen hebben dat de handvatten ontbraken, heeft gelukkig geen vitale organen geraakt. Waarschijnlijk heb je ook een lichte hersenschudding, maar als je rustig blijft liggen zul je daar weinig last van hebben. Je hebt geluk gehad.'

*Geluk gehad? Hoezo?*

Ze buigt haar benen om overeind te komen, maar het lijkt alsof ze er geen gevoel in heeft.

Het lukt haar niet om te gaan zitten. Ze hadden haar gewaarschuwd dat het niet vreemd zou zijn als ze door de klap moeite zou hebben met lopen, omdat haar spieren waarschijnlijk ook erg geschrokken waren.

*Is dit echt normaal?*

Haar ouders waren tien minuten geleden vertrokken. Ze hadden het excuus dat ze het hele gebeuren per se persoonlijk aan Mirte wilden vertellen, die nog van niets wist.

Bij het afscheid had haar moeder zich nog een keer verontschuldigd voor hun snelle vertrek. 'Sorry, meisje, maar omdat Mirte voor een belangrijk tentamen staat, moeten we dit heel voorzichtig en zorgvuldig doen. Ze kan nu geen stress gebruiken. Daarbij moet papa ook nog even naar kantoor, anders lopen de bestellingen mis.'

*Ach, mijn zwakke zusje. Grote kans dat ze weer gaat hyperventileren, als ze hoort wat er is gebeurd. Sinds een paar jaar krijgt ze geen lucht meer als ze onder druk komt te staan of met iets spannends geconfronteerd wordt.*

*En wat papa betreft: kan hij zelf niet meer praten? Van mij mag hij naar zijn kantoor gaan, hoor. Het is toch al eeuwen zo dat mama alles in haar eentje moet opknappen? Het valt me mee dat hij tijd kon vrijmaken om naar het ziekenhuis te komen.*

Sinds haar vader naast zijn fabriek in Den Bosch een tweede meubelfabriek in het dorp heeft geopend, woont hij zowat op zijn kantoor. De druk heeft een andere vader van hem gemaakt: prikkelbaarder en veeleisender. Het afgelopen jaar heeft hij naast het zakelijke succes heel veel kritiek moeten incasseren. Er waren mensen die het hem zeer kwalijk namen dat hij een groot aantal buitenlanders aan werk had geholpen. Er werd zelfs gezegd dat hij een uitbuiter was, omdat hij de allochtonen minder zou betalen.

*Ik ben het vaak niet met hem eens, maar ik geloof niet dat hij mensen misbruikt.*

Hij beweerde altijd dat hij in eerste instantie de Nederlanders aan een baan wilde helpen, maar dat hij daarnaast buitenlanders een kans wilde geven om in Nederland een beter bestaan op te bouwen. Om iedereen te overtuigen van zijn goede bedoelingen was hij nu een van de hoofdsponsors van het nieuwe asielzoekerscentrum.

Steeds weer verschijnen er beelden van het ongeluk in haar hoofd. Van de vreemde mensen die om haar heen stonden, haar pols, het stuur in haar buik, de ziekenauto, de jongen.

Dan realiseert ze zich plotseling dat er een pakje sigaretten in haar jas zat. Haar ouders hadden haar kleren na het bezoek mee naar huis genomen.

*Shit, als ze dat vinden!*

Haar mobiel gaat.

Met uiterste inspanning opent ze de la, pakt haar mobiel met haar linkerhand en zegt zacht haar naam.

'Met Mirte. Hoe is het?'

*Dat is snel. Ze heeft de klap dus overleefd.*

'Gaat wel.'

'Ik schrok me rot,' zegt Mirte. 'Hoe lang moet je blijven?'

'Dat weet ik nog niet.'

'Hopelijk ben je snel weer opgeknapt, dan kun je mee op vakantie.'

*Dan kunnen wij op vakantie, zal ze bedoelen.*

'Lau, ik kan vanavond niet komen. Ik heb morgen een heel belangrijk tentamen. Papa vindt het verstandiger als ik nu even doorwerk.'

Ze hoort haar zus nog iets zeggen, maar het gaat langs haar heen.

*Wat heb ik aan mijn zogenaamde liefdevolle, bezorgde familie? Ze hebben helemaal geen tijd voor mij.*

15

vrijdag 18 april, 17.00 uur

# Spin

Van de artsen had hij te horen gekregen dat zijn enkelbanden ernstig opgerekt waren en dat zijn enkelgewricht een flinke klap had gekregen. Daarnaast hadden ze een hersenschudding geconstateerd. Zijn voet was strak ingetapet. 'Je zult voorlopig op krukken moeten lopen en heel rustig aan moeten doen,' hadden ze hem geadviseerd.

Een zuster had hem daarna verteld dat iemand van de politie hem morgenvroeg zou komen verhoren.

*Wat vertel ik die lui?*

Dezelfde zuster had ook laten vallen dat het meisje twee kamers verderop ligt.

*Zal ik naar haar toe gaan? Ik moet haar mijn excuses aanbieden. Het bezoekuur is al afgelopen. Nu is ze misschien wel alleen.*

Hij laat zich uit het bed glijden. Zijn enkel doet enorm veel pijn en het lopen op de krukken is een ramp.

*Wat moet ik haar zeggen? Ze haat me.*

Hij twijfelt en ziet haar gezicht weer voor zich. Zelfs haar pijnkreet toen hij boven op haar viel, kan hij zich nog precies herinneren.

*Ik moet het gewoon doen.*

Het valt niet mee om hinkend met een van zijn krukken de deur open te maken. Hij stoot zijn zwaar gekneusde enkel tegen de deurpost en bijt in een reflex zo hard op zijn lip dat het bloedt.

In de gang is het stil. Hij verzamelt alle moed die hij in zich heeft en zet zijn krukken onhandig vooruit.

Twee deuren verder blijft hij staan en leest op het bordje: LAURA VAN RAVENSBURGER.
In gedachten herhaalt hij de naam.
Zijn keel is droog en zijn hand trilt als hij de klink naar beneden beweegt en de deur met zijn knie openduwt.
Ze ligt met haar rug naar hem toe.
Even twijfelt hij of hij wel naar binnen moet gaan, maar dan draait ze zich met duidelijk veel inspanning om. Ze zegt niets, kijkt hem alleen maar aan met haar grote blauwe ogen. Er zit een pleister op haar rechterwenkbrauw.
'Hallo... Ik ben de jongen die... Het spijt me... Gaat het?' vraagt hij onzeker.
Ze heft haar schouders een ogenblik op.
'Het was echt niet mijn bedoeling om je pijn te doen.'
Hij zet beide krukken onzeker een stukje vooruit en maakt een klein sprongetje.
'Wie ben je? Wat kom je hier doen?' vraagt ze. Er klinkt angst in haar stem.
'Je hoeft niet bang te zijn. Ik... ik wilde gewoon even... Ik ben Tycho, maar iedereen noemt me Spin.'
Haar verbaasde blik maakt hem nog nerveuzer.
'Heb je pijn?' is de enige vraag die hem na een tiental seconden te binnen schiet.
'Valt nu wel mee. Ik heb pijnstillers gekregen,' antwoordt ze.
Hij knikt en zet zijn krukken weer een stukje in haar richting. Op het moment dat hij bijna bij haar bed is, gaat zijn telefoon. Het stomme geluid van een huilende baby, dat zijn broer als ringtone heeft ingesteld, dendert door de kamer.
Hij haalt de mobiel uit de zak van zijn geleende pyjamabroek.
Het is Kuba.
*Wat moet hij nu weer van me?*
'Ja?'

'Hallo, vriend, wanneer mag je naar huis?' vraagt Kuba jo-
viaal.

'Morgenmiddag.'

'Is de politie al geweest?'

'Nee, morgenvroeg.'

'Je gaat absoluut niets zeggen over onze plannen. Heb je je
naam genoemd?'

'Nee, natuurlijk niet.'

'En? Wat ga je ze dan vertellen?'

'Gewoon dat ik gevallen ben.'

'Je was alleen. Je zegt dat je je aansteker over de rand liet vallen en dat hij nog op het richeltje lag. Je wilde hem pakken,
maar toen...'

'Ja, ja, goed.'

'Herhaal het.'

'Dat kan ik op dit moment niet.'

'Herhaal het.'

'Goed, goed. Ik ben gevallen toen ik iets op wilde rapen. Ik
was alleen.'

'Heel goed, jongen. Geen woord over actie Zwart. Hou je taai.'

Hij drukt op het rode knopje en bergt zijn mobiel op.

*Eikel. Hij knijpt hem natuurlijk. Stel dat ik ga praten? Ja, wat dan?*
*Waarschijnlijk vermoordt hij me.*

'Sorry,' mompelt hij.

Hij durft haar niet aan te kijken.

'Vertel je me nog wat er gebeurd is?' vraagt ze.

'Ik ben van het viaduct gevallen. Ik leunde over de railing en
toen ik een sigaret wilde aansteken, viel mijn aansteker. Hij
lag nog op het randje. Toen ik hem wilde pakken, verloor ik
mijn evenwicht en ben ik gevallen. Op jou dus.'

Ze zegt niets.

*Ze gelooft me niet. Shit, ze weet het. Natuurlijk weet ze het. Ze heeft alles*
*gehoord. Ik moet iets doen, iets zeggen.*

18

'Wil je wat drinken of zo?' vraagt hij onzeker, met een blik op het flesje water op haar nachtkastje.

Ze schudt haar hoofd.

'Hoe heet je eigenlijk?'

'Laura.'

'O ja, dat las ik op de deur. Laura, ik baal er echt van dat je hier ligt door mij. Het komt toch wel goed met je?'

'Ze zeggen van wel.'

'Gelukkig.'

'Wat heb jij?' vraagt ze.

'Niets bijzonders. Een gekneusde enkel, een paar schaafwonden op mijn knieën en een lichte hersenschudding. Ik mag morgen alweer naar huis.'

Ze knikt.

'Sorry, hoe lang moet jij blijven?'

'Dat weet ik niet.'

Ze hoest en legt met een van pijn vertrokken gezicht haar hand op haar buik.

'Wil je echt niets drinken?'

'Een beetje water graag.' Ze knikt in de richting van het nachtkastje.

Hij springt er zo snel mogelijk met behulp van zijn krukken naartoe en pakt het flesje.

Met trillende handen draait hij de dop los en reikt haar het water aan.

Ze probeert haar bovenlichaam op te richten, maar stopt al naar een paar centimeter.

*O nee, ze heeft echt veel pijn.*

'Dank je,' zegt ze. Heel voorzichtig pakt ze het flesje uit zijn hand en drinkt een paar slokjes.

Hij kent haar misschien een halfuur, maar het is hem nog nooit eerder overkomen dat een meisje in zo'n korte tijd zo'n onverklaarbaar prettige indruk op hem heeft gemaakt.

# vrijdag 18 april, 18.00 uur

## Kuba

Het bier maakt hem iets rustiger.

*Voorlopig geen baby's meer in de groep. Het risico dat ze het plan in de soep laten lopen is veel te groot.*

Johnny Cash klinkt keihard door de boxen.

Scooter loopt zodra hij binnenkomt naar de versterker, draait de volumeknop dicht en kijkt hem met een agressieve blik langdurig aan.

*Die is echt pissig.*

Kuba kijkt Scooter vragend aan, zakt nog wat verder onderuit op de bank en legt zijn voeten op de tafel.

'Waar ben jij mee bezig? Je bent niet goed bij je hoofd,' schreeuwt Scooter en hij loopt kaarsrecht, met grote stappen op hem af.

Sproet vliegt van zijn stoel en gaat voor Scooter staan. 'Rustig. Niets aan de hand.'

'Niets aan de hand? En mijn broertje dan? Hij ligt wel in het ziekenhuis. Ik was net bij hem en hij is behoorlijk over de zeik. Rot op.' Hij duwt Sproet hardhandig opzij.

Scooter gooit zijn hoofd naar achter en roept: 'Was dit jouw plan, Kuba? Wat is er precies gebeurd?'

'Luister, jouw broertje wilde dit zelf,' antwoordt hij rustig.

Scooter lijkt niet blij te zijn met het antwoord en schreeuwt: 'Hoezo? Hij heeft enorme hoogtevrees. Jij hebt hem waarschijnlijk gedwongen. Voor hetzelfde geld was hij dood.'

'Maar dat is hij niet. Morgen is hij gewoon weer van de partij. Dat broertje van jou moet wat meer spieren kweken en een beetje man worden. En jij moet nodig dimmen, vriend, anders weet het hele dorp, dus ook je moeder en broer, morgen dat jij, Tobias van Hemert, vorige maand dat meisje – ja, hoe zal ik het zeggen – ongevraagd een grote beurt hebt gegeven. Neem een biertje en zorg ervoor dat je broertje zijn mond houdt, dan is er niks aan de hand.'

Na zijn duidelijke tekst loopt hij naar het krat en haalt er twee biertjes uit, maakt ze open en geeft er een aan Scooter. Die neemt het flesje aan, loopt er mokkend mee naar de tafel en laat zich op een stoel vallen.

'Morgenvroeg wordt Spin door de politie verhoord,' zegt Scooter.

'Hij weet wat hij moet zeggen.'

'Dat zal best wel, maar die arts gelooft Spin niet. Weet je wat hij aan hem vroeg?'

'Nou?'

'Wie probeer je te beschermen met dit verhaal?'

'En?'

'Spin heeft niets gezegd.'

*Wat nu? Als dat gozertje zijn mond voorbijpraat...*

'Bel hem op en maak hem nog een keer duidelijk dat hij zijn kop houdt. Beloof hem extra geld,' beveelt hij Scooter. 'Het kost je je eigen kop als hij iets loslaat over onze plannen.'

Hij gooit geïrriteerd zijn mobiel naar Scooter. 'Bel hem nu. Hij staat in het telefoonboek. Zet hem op de luidspreker.'

Scooter draait de telefoon nerveus rond in zijn hand en drukt daarna zuchtend een paar toetsen in.

Iedereen volgt de bewegingen die Scooter maakt. Het is akelig stil.

'Ja, hallo.'

'Hé broertje, met Scooter. Hoe gaat het?'

'Ik heb dat meisje gezien. Ze is er echt slecht aan toe,' klinkt Spins stem door de ruimte.

'Wát heb je gedaan?' vraagt Scooter nerveus.

'Dat meisje opgezocht.'

'Gek, je bent gek, man. Waarom doe je dat? Wat heb je precies gezegd?'

'Precies wat Kuba me heeft voorgekauwd.'

'Je blijft bij haar uit de buurt. Begrepen?'

'Waarom?'

'Omdat ik dat zeg. Ik kom je morgenvroeg ophalen.'

'Doe niet zo opgefokt. Ik zeg verder niets. Wat is nu eigenlijk het probleem? Ik hou me aan de regels en heb zoals afgesproken mijn valse identiteitskaart gebruikt. Weet je nog: Erik de Vries,' antwoordt Spin.

'Luister, ik vraag het je niet voor niets. Ik zit diep in de shit als je ook maar één woord te veel zegt.'

'Hoezo?'

'Dat leg ik je allemaal nog wel eens uit.'

'Scoot, er komt een zuster binnen.'

'Goed. De mazzel.'

Scooter haalt zijn neus op en gooit de mobiel naar Kuba.

'Hij houdt zijn mond.'

'Dat is wel te hopen. Voor hem en voor jou.' Hij neemt nog een paar slokken van zijn bier en gooit zijn lege fles richting Tis.

'Goed, dan gaan we de wethouder maar eens duidelijk maken dat hij zijn domme plan moet afblazen. Volgende week is zijn zoontje aan de beurt. Tis, hij zit toch bij jou op school?'

'Ja, maar wel op het g-g-gymnasium natuurlijk.'

'Zorg ervoor dat je zijn lesrooster weet. We gaan hem na schooltijd verrassen.'

Sproet steekt een sigaret op en zegt: 'Kuba, ik hoop dat we naast de voorbereidingen voor actie Zwart ook nog een beetje lol gaan trappen. Ik wil nog wel een paar plaatsjes stijgen op de *try before you die*-ladder.'

'We gaan geen onnodige risico's nemen. Ik heb mijn handen

vol aan actie Zwart. Nog iets minder dan tien dagen, dan is het zover,' antwoordt hij en hij kijkt de anderen één voor één met een indringende blik aan.

'Dan kunnen we tot die tijd net zo goed binnen blijven zitten. Dat lijkt me niet echt bevorderlijk voor onze motivatie,' mompelt Scooter.

Ze wachten op zijn reactie, maar die blijft uit.

*Ik moet ze rustig houden, maar ze moeten zich ook niet gaan vervelen. Als wíj niets doen, zullen die buitenlanders ons dorp overheersen. Over mijn lijk.*

## zaterdag 19 april, 9.30 uur

# Laura

Geslapen had ze nauwelijks. De pijn was niet de hoofdoorzaak. Het gepieker had haar wakker gehouden.

*Die jongen. Dat gezicht. Die ogen! Zo mooi. Hij had er echt spijt van. Straks mag híj al naar huis. Dan zie ik hem waarschijnlijk nooit meer.*

Ze legt de klomp gips voor de honderdste keer op een andere plek. Omdat ze nog altijd geen kracht in haar benen heeft, lukt het haar met moeite om zich op haar zij te draaien.

*Turnen zit er voorlopig niet meer in. Het duurt minstens vier weken voordat ik van het gips verlost ben. Geen selectiewedstrijden, maar of dat nu zo erg is? Voor mij niet, maar voor papa en mama? Waarschijnlijk wel. Ze willen nu eenmaal graag aan hun vrienden vertellen dat hun dochters topprestaties leveren. En hoe moet het met school? Schrijven zal echt niet gaan. Als ik wiskunde en Frans niet ophaal, blijf ik zeker zitten. Misschien is deze hele situatie wel een goed excuus om dit schooljaar over te doen. Dan kan ik volgend jaar relaxed de proefwerkweken in gaan. Maar als ik niet overga, kan ik het uitgaan ook wel op* mijn buik schrijven. *Dat is nu eenmaal een van de belachelijke regels van papa: op school blijven zitten is in het weekend óók thuis op de bank blijven zitten. Mijn buik... waarschijnlijk blijft het een groot, lelijk litteken. Kan ik nooit meer in bikini lopen. Ik zou die jongen moeten haten.*

De kamerdeur gaat open. De onbekende zuster vraagt vriendelijk: 'Heb je een beetje kunnen slapen, Laura?'

Of de verpleegster echt een antwoord verwacht is niet duidelijk, want ze draait zich om en loopt naar de tafel waar de medische informatiekaart ligt.

'Ik lees dat de politie je rond deze tijd komt ondervragen over het ongeluk. Zou ik daarvóór nog even naar je buikwond kunnen kijken?'

'Wat wil de politie van me weten?' vraagt Laura en ze trekt ondertussen haar nachthemd omhoog.

De zuster haalt haar schouders op. 'Dat weet ik ook niet precies. Bijt maar even op je tanden, dan verwijder ik voorzichtig de gaasjes.'

'Au, pas op. Je trekt mijn vel eraf.'

'Het ziet er goed uit,' hoort ze de zuster bemoedigend zeggen, terwijl ze een schoon verband pakt.

'Als je het goed vindt, laat ik nu eerst even de twee agenten binnen. Het is wel wat veel allemaal op je nuchtere maag, maar dan ben je ervan af. Bel maar meteen als ze weg zijn, of wil je dat ik erbij blijf?'

Laura schudt haar hoofd en gaat wat rechter zitten.

Op het moment dat de verpleegster de deur opent, verschijnen er twee agenten. Met een handgebaar maakt de verpleegster hen duidelijk dat ze door mogen lopen.

Een van hen, een forse vriendelijke man, stelt zich als eerste voor. Daarna volgt de veel jongere mannelijke collega.

'Dag Laura, we willen je graag een paar vragen stellen over het ongeval gisteren. Is dat goed?'

Ze knikt.

'Fietste je gisteren alleen toen het ongeluk gebeurde?'

'Ja.'

'Heb je voordat je viel iets vreemds gehoord of gezien op of bij het viaduct?'

Ze schudt haar hoofd.

'Je hebt die jongen, of eventuele andere personen, dus niet op het viaduct gezien toen je daar gisteren fietste?'

Weer schudt ze haar hoofd.

'Heb je hem na het ongeluk nog wel gezien?'

De vragen maken haar nerveus.

'Laura, heb je hem nog gezien?'

'In een flits.'

'Waar heb je hem in een flits gezien?'

'Eh... toen ik in de ziekenauto werd gelegd.'

'Ken je hem? Heb je hem eerder ontmoet?'

'Nee, ik ken hem niet.'

'Weet je het zeker?'

*Kappen nou.*

'Ja, dat weet ik zeker, er is niets mis met mijn hersens,' antwoordt ze geïrriteerd.

'Goed, dank je wel. Dat is alles wat we wilden weten. Misschien hebben we later nog meer vragen. O ja, mocht de jongen contact met je zoeken, dan verzoeken we je in het belang van het onderzoek niet met hem praten. Oké?'

Ze knikt.

*Waarom zou hij niet met mij mogen praten?*

De mannen nemen afscheid en laten haar alleen achter.

Als ze zich uitrekt om bij de bel te komen, gaat de deur open.

'Mag ik even binnenkomen?'

Ze herkent de stem. Er gaat een rilling door haar lijf.

*Het is die jongen. Stel dat die agenten nog ergens rondlopen? Ik mag niet...*

'Kan ik je helpen?' vraagt hij.

Nog voordat ze zich heeft omgedraaid, hoort ze zijn krukken dichterbij komen.

Ze laat haar arm zakken en vangt een glimp op van zijn vriendelijke donkere ogen.

Hij blijft haar vragend aankijken.

'De politie was net hier,' flapt ze eruit.

Het lijkt alsof hij schrikt van haar woorden. Het blijft even stil.

*Waarom reageert hij zo angstig?*

'Mag ik weten wat ze van je wilden?' vraagt hij.

'Ze vroegen of ik iets had gezien op het viaduct en of ik je kende.'

Hij knikt een keer.

'Ik kon ze niet verder helpen.'

'Dus je hebt niets gezegd?'

*Hij is echt bang. Waarom?*

'Nee, ik heb niets gezegd.'

Er verschijnt langzaam een glimlach op zijn gezicht en hij knikt een paar keer.

'Ik mag zo meteen naar huis en ik wilde je per se nog iets geven. Misschien vind je het afschuwelijk, maar ik had niets anders bij me,' zegt hij gehaast. Onhandig haalt hij een opgevouwen servetje uit zijn broekzak.

Ze voelt zich erg opgelaten.

Het servetje, dat gedeeltelijk openvalt, legt hij op haar bed.

Ze kijkt hem even aan en wordt helemaal zenuwachtig van zijn vragende ogen.

Met één hand vouwt ze het papier open en ontdekt dat er een 06-nummer op staat. Daarna pas ziet ze het zilverkleurige kettinkje met een hangertje eraan.

'Het is een spinnetje. Ik weet dat ik het met zo'n simpel ding niet goed kan maken. Je hoeft het ook niet te dragen, hoor. Het is eigenlijk helemaal niets voor een meisje, zeker niet voor jou. Ik had je een ketting met blauwe kralen moeten geven, dat past veel beter bij je mooie ogen. Die krijg je nog van me. Dan heb ik meteen een smoesje om je nog eens op te zoeken. Als je dat wilt natuurlijk. Daarom heb ik mijn o6-nummer opgeschreven. Hoe kon ik zo stom zijn om boven op jou te vallen? Ongelofelijke sukkel die ik ben,' zegt hij en hij trekt een schuldig gezicht.

De vraag wat er precies gebeurd is op het viaduct spookt door haar hoofd, maar het is niet het goede moment daar nu mee te komen.

Voorzichtig tilt ze het kettinkje uit het papier. Ze voelt dat ze bloost.

'Lief van je,' zegt ze en ze bergt het servetje zorgvuldig op.


## zaterdag 19 april, 11.00 uur

# Spin

Scooter stompt hem lomp tegen zijn bovenarm nadat hij sluipend de ziekenhuiskamer is binnengekomen en de deur snel achter zich heeft dichtgemaakt.

'Hallo broertje, ik kom je bevrijden. Heb je alles?'

Hij knikt en buigt zijn hoofd. Het lukt hem zijn tranen weg te slikken.

*Het interesseert echt niemand dat ik hier lig of hoe ik me voel.*

'Is de politie nog geweest?' vraagt Scooter.

'Ja.'

'Wat heb je gezegd?'

'Wat is afgesproken.'

'Heb je de valse identiteitskaart laten zien?'

'Ja, van De Vries.'

'Goed zo. Kom op, wegwezen hier,' zegt Scooter en hij loopt naar de deur.

'Ik moet nog even op de zuster wachten, ze hebben de gegevens van de verzekering nodig,' zegt Spin.

'Die hebben we niet, sukkel. Maakt niet uit, je hebt toch een andere naam opgegeven. Schiet nu maar op, voordat ze moeilijk gaan doen.'

Hij strompelt achter zijn broer aan.

Bij de kamerdeur van Laura blijft hij even staan. *Wat zou ze aan het doen zijn?*

'Kom op, man, mama wacht thuis op ons.'

'Wat zei mama?' vraagt hij hijgend.

'Ik heb haar natuurlijk niet verteld van het viaduct, maar haar wijsgemaakt dat je tijdens een potje voetbal flink bent geraakt en dat je je enkel hebt bezeerd en een bal nogal hard tegen je hoofd hebt gekregen. Ze gelooft het, dus laat het zo. Ze kan er nu niet meer bij hebben.'

Als ze buiten staan, moet hij echt op adem komen. Scooter kijkt hem vragend aan.

'Weet je hoe onhandig het is met die krukken?'

Scooter komt naast hem staan en geeft hem een vriendschappelijk klopje op zijn schouder. 'Kom op, jongen, wees blij dat je hier weg bent.'

Als ze bij de scooter aankomen, geeft zijn broer hem een helm en legt de krukken op het stuur.

'Wat was dat nu met dat meisje? Je hebt haar toch niet meer gesproken?'

Gelukkig start hij op hetzelfde moment de scooter en rijden ze het terrein af.

Tijdens het ritje naar huis verschijnt Laura steeds in zijn gedachten. *Zal ze me nog bellen?*

Als ze hun straat in rijden, mindert Scooter vaart en draait zich om. 'Hou je gemak. In de schuur kun je je straks uitleven.'

Hij geeft geen antwoord.

*Ik wil niet naar de schuur. Dat zieke gezeik van Kuba. Dan maar geen respect of geld. Wat kan mij het schelen dat die buitenlanders hier komen?* Als ze samen de woonkamer binnenlopen, staat hun moeder op van de bank en kijkt hem met grote starende ogen aan. 'Jongen, hoe is het? Wat erg. Heb je veel pijn? Zal ik een kopje thee zetten? Wil je wat eten?' vraagt ze.

Ze spreekt een soort robottaal. De huisarts had gezegd dat het een bijwerking van de medicijnen was. Ze moet de pillen slikken, anders wordt ze extreem angstig.

'Nee, hoor. Ik heb alleen een beetje hoofdpijn, daarom ga ik even op bed liggen,' antwoordt hij snel en hij draait zich om. Scooter pakt zijn arm vast. 'We gaan nu naar de schuur. Daar kun je ook op de bank liggen.'

'Ik blijf liever even hier.'

'Je kunt wel wat ontspanning gebruiken. Kom, we blijven niet lang.'

*Tegenwerken heeft geen zin.*

Hij springt met behulp van zijn krukken naar de deur.

'Voorzichtig, jongens. Komen jullie straks thuis eten?' vraagt hun moeder, die nog steeds bewegingloos staat toe te kijken.

'Goed, mam. Ik haal wel wat. Tot straks,' zegt Scooter en hij trekt Spin mee naar buiten.

Met enorm veel tegenzin gaat hij bij zijn broer achter op de scooter zitten.

*Kuba gaat me natuurlijk helemaal belachelijk maken, maar ik laat me niet afzeiken.*

De schuur ligt ongeveer drie kilometer van hun huis.

Scooter had hem een jaar geleden verteld dat de oude Willem, die als een soort kluizenaar in een vervallen huis naast de schuur woont, toestemming had gegeven om het vervallen gebouw op te knappen in ruil voor een fles jenever en een nieuwe tv.

Zes weken hadden Kuba, zijn broer en de anderen zich uitgesloofd om de schuur bewoonbaar te maken. De muren waren in de kleuren van de Nederlandse vlag geverfd en ze hadden er hakenkruizen op gekalkt.

*Had Scooter hem twee weken geleden maar niet meegenomen naar de schuur. Was hij maar niet in die mooie praatjes getrapt van gratis bier, gratis merkkleding en mobieltjes. Het beloofde geld voor zijn moeder had hem uiteindelijk over de streep getrokken. Hij zou haar een dagje mee naar het strand kunnen nemen, misschien zelfs naar een privékliniek kunnen sturen.*

Met piepende remmen staan ze stil en hij hinkt onhandig achter zijn broer aan naar binnen.

Heel even kijken drie gezichten hem aan alsof hij een of andere etterige ziekte heeft, maar meteen daarna richten ze hun blik weer op de vechtfilm.

'Ga zitten, dan kun je nog wat leren. Dat is hard nodig, Spin. Een vechtmachine zul je nooit worden met dat lijf van je, maar een aantal valse trucjes kunnen we misschien nog wel in dat lege hoofd van je rammen,' zegt Kuba spottend.

*Zak. Wat doe ik hier? Ik had bij mama moeten blijven.*

## zaterdag 19 april, 12.00 uur

# Kuba

Vanuit zijn ooghoeken ziet hij hoe Spin zijn gekneusde enkel op een stoel legt en alleen aan de grote tafel gaat zitten.

*Ik moet die loser goed in de gaten houden en hem onder vier ogen nog eens vriendelijk uithoren over die ontmoeting met dat meisje. Gelukkig was hij zo slim om een andere naam te gebruiken en weet hij geen details over actie Zwart. Dat moet ik voorlopig vooral zo houden. Ook voor de anderen trouwens.*

'Jongens, is er al een politieveilige actie voor het weekend bedacht? Jullie willen toch zo nodig lol trappen?' vraagt hij bijna schreeuwend om boven het geluid van de film uit te komen.

Tis steekt de zoveelste sigaret op en imiteert op een robotachtige manier de geluiden van allerlei wapentuig.

*Als die jongen ooit echt een pistool in handen krijgt... Hij heeft er volgens mij geen enkel idee van wat hij daarmee aan kan richten. Het zou nog wel eens van pas kunnen komen. Dat is het voordeel van autisten: ze kunnen de gevolgen van hun daden niet inschatten.*

'Sproet, kijk eens in de doos of je nog een leuk artikel kunt vinden. Jij was toch bang dat je je zou gaan vervelen? Wat ik niet echt goed snap trouwens, want jij voert volgens mij nog minder uit dan die zwarten,' zegt hij rustig.

De doos. Na maanden kranten uitpluizen, hadden ze zeker honderd knipsels verzameld over gewelddadige acties. Als ze zich vervelen, wijst hij iemand aan die een artikel uit de doos moet halen. Het is steeds weer bloedspannend om te horen welke actie ze zelf nog beter en slimmer kunnen uitvoeren. Wie de actie met succes volbrengt, stijgt weer een plaatsje op de *try before you die*-ladder. Zijn eigen naam staat overduidelijk bovenaan.

Sproet schraapt zijn keel. 'Rosmalen, 13 juni. Een vijfenveertigjarige vrouw is gisteren op klaarlichte dag verkracht en daarna beroofd van haar tas. De daders, twee jongens, vermoedelijk van Nederlandse nationaliteit, verdwenen met de buit op hun scooters richting het centrum. Van hen ontbreekt ieder spoor.'

Kuba richt zich tot Spin. 'Iets voor jou? Weet je wel hoe het moet? Op een oude fiets moet je het leren, vriend. O nee, dat gaat nu wat lastig met die enkel van je. Jammer, jullie zitten toch krap bij kas? Dan moet je broer het maar doen. Misschien krijg je wel een zakcentje van hem. Je hebt immers keurig je mondje gehouden. Toch?' vraagt hij met een kinderlijk stemmetje en hij knijpt Spin even in zijn nek.

'Van mij hebben ze niets gehoord,' antwoordt Spin geïrriteerd. Scooter graait het krantenknipsel uit Sproets handen. 'Helaas heb ik vandaag niet zo veel behoefte aan je weet wel. Ik zoek mijn chickies liever zelf uit,' zegt hij en hij maakt een kreunend geluid.

'Oké, verzin maar wat anders dan, iets waar je wel een kick van krijgt,' zegt Kuba.

'Tja, wat hebben we nog meer in de aanbieding? Geef mij de doos eens aan,' commandeert Scooter. Hij sluit zijn ogen en graait er een willekeurig artikel uit.

'Hardop lezen, als je dat tenminste kunt,' beveelt Kuba.

'Rotterdam, 16 mei,' begint Scooter. 'Op het Bisschop Bekkerscollege aan de Buitensingel is gisteravond ingebroken. Uit het computerlokaal zijn tien nieuwe computers gestolen. De daders zijn via een stukgeslagen raam binnengekomen en hebben een bedankje op een van de schoolborden achtergelaten. De politie houdt er rekening mee dat de daders bekend zijn met deze school.'

Scooter klakt een paar keer met zijn tong.

'Wat denk je, Kuba?'

'Nee, te riskant. Volgende,' commandeert hij.

'Deventer, 20 mei. De kermisgasten zijn vrijdagavond flink geschrokken toen een jongen van vijftien met een wapen op omstanders schoot. Een elfjarig meisje raakte lichtgewond. De dader is voortvluchtig. Wauw, dat lijkt me wel wat en de kans dat ze ons in de menigte herkennen is nul. Jongens, dit weekend is er toch een kermis in dat achterlijke dorp een paar kilometer verderop?' vraagt Scooter.

'K-k-klopt,' roept Tis enthousiast. 'Ik ga g-g-gokken met die grijphand. Veertig procent kans dat het lukt om een h-h-horloge te winnen. Bij het schieten heb je slechts t-t-tien procent kans dat je iets wint. De buksen zijn meer iets voor Spin.'

Scooter loopt naar zijn broertje en legt een hand op zijn smalle schouder. 'Laat hem even met rust, Tis. Jij bent zelf toch zo gek op schieten?'

## zaterdag 19 april, 12.30 uur

## Laura

De zuster had haar vanmorgen nadat de politie was geweest een ontbijt gebracht en ze was pas een paar minuten geleden teruggekomen met een wasbak en een stapel handdoeken.

Met een glimlach om haar mond kijkt Laura naar het kettinkje dat ze van Tycho heeft gekregen en ze streelt het zachtjes met haar vingers.

De zuster haalt de deken van het bed.

'Ik zal je helpen met uitkleden, want dat gaat denk ik nog erg moeilijk.'

Haar kleren worden voorzichtig uitgetrokken. Het is een raar gevoel als de hand van de zuster, verpakt in een washandje, over haar lichaam glijdt.

Als Laura's benen worden opgetild, raakt ze licht in paniek.

*Het voelt alsof ze niet meer bij mijn lijf horen.*

Het kettinkje plakt in haar hand.

'Wat heb je daar?' hoort ze de zuster vragen. 'Wat mooi, een spinnetje. Eerlijk gezegd ben ik bang voor spinnen. Jij niet?'

'Nee hoor, ik hou van spinnen,' antwoordt ze en ze realiseert zich dat ze als een verliefde puber praat.

'Nou, ik blijf liever zover mogelijk bij ze uit de buurt,' zegt de zuster.

Het aankleden is pijnlijk, maar het voelt wel goed om schone kleren aan te hebben.

'De arts zal zo meteen nog wel even langskomen,' zegt de zuster, terwijl ze de spullen opruimt.

'Denkt u dat ik dit weekend naar huis mag?'

'Dat weet ik echt niet, Laura. Het is wel een goed teken dat je geen koorts hebt en dat de wond er goed uitziet. Voor die gebroken pols hoef je niet hier te blijven, maar de dokter beslist natuurlijk. Je zult eerst goed op je benen moeten kunnen staan.'

*Naar huis. Te horen krijgen dat ze het zo vervelend voor me vinden, maar dat het wel heel erg jammer is dat de vakantie niet door kan gaan. En dat het eeuwig zonde is dat ik de kampioenswedstrijd niet kan turnen. En stel dat de dochter van de directeur van de grootste meubelfabriek uit de omgeving blijft zitten? Een dochter die stiekem rookt en op vrijdagmiddag in de stad rondhangt in plaats van op school, ze moesten eens weten...*

Na een vriendelijk knikje loopt de zuster de kamer uit.

Haar mobiel meldt zich. Het duurt even voordat ze hem te pakken heeft.

'Hallo, met Laura.'

'Hé Laura, met Chrisje. Hoe is het met je?'

*Ze wil natuurlijk weten of ik echt niet kan turnen, dan heeft zij eindelijk eens een keer kans om te winnen.*

'Wel goed.'

'Ik hoorde van je zus wat er is gebeurd. Wat zul jij geschrokken zijn.'

'Nou, dat valt wel mee. Ik weet er niets meer van.'

'Wat een sukkel, die jongen. Hij moet wel flink gestoord zijn om zoiets te doen.'

*Hoe kan zij dat nu weten? Ze kent hem toch helemaal niet?*

'Laura, hoe lang gaat het ongeveer duren?'

'Wat bedoel je?'

'Moet je nog lang in het ziekenhuis blijven?'

*Dat zou jou wel goed uitkomen.*

'Ik weet het niet. De arts is nog niet langs geweest.'

'O, nou weet je, ik kom heel snel op bezoek. Dan vertel ik je alles over het turnen.'

'Ja, oké. Groetjes.'

'Beterschap dan. Dag.'

*Die hoeft niet bij mij op bezoek te komen. Het is maar goed dat niemand mijn gedachten kan lezen. Er is maar één iemand die ik op dit moment zou willen zien. Misschien moet ik hem gewoon bellen?*

Ze pakt het servetje uit het kastje en leest de getallen hardop.

Ze voelt nog eens met haar hand in de la en tilt even later het kettinkje eruit en laat het door haar vingers glijden.

*Van wie zou hij het gekregen hebben? Van een vriendinnetje? Nee, hij heeft het waarschijnlijk gewoon zelf gekocht.*

*Ik weet niet eens waar hij woont, wat zijn achternaam is, wat hij doet. Waarschijnlijk woont hij in de buurt, anders was hij toch niet op dat viaduct? Ik denk dat hij daar niet alleen was, maar waarom mag niemand dat weten?*

Ze toetst de eerste vier cijfers van zijn telefoonnummer in.

*Hij wilde me nog een keer opzoeken. Misschien alleen maar uit schuldgevoel?*

Haar duim belandt op het rode knopje.


# zaterdag 19 april, 19.30 uur

# Spin

Scooter had hem rond zeven uur met tegenzin naar huis gebracht. Zijn broer was zelf weer teruggegaan naar de schuur omdat ze nog plannen wilden maken voor de actie van morgen en zich zoals gewoonlijk vol wilden gieten met bier.

*Ik doe niet mee. Ik ga er helemaal mee kappen. Ik weet niet wat ze alle-*

maal van plan zijn, maar het voelt absoluut fout. Kuba's haat tegen buitenlanders is niet normaal. Hij gaat over lijken. Wat is hij precies van plan? Waarom vertelt hij niets? Hopelijk laat Kuba mij de komende tijd met rust nu ik met die voet zit. Zo houd ik de boel alleen maar op.

Scooter had op de terugweg Chinees gehaald. Dat ligt nu op een bord voor hem op de tafel.

'Je ziet wit. Heb je nog veel hoofdpijn?' vraagt zijn moeder.

'Gaat wel,' antwoordt hij.

'Misschien moet je stoppen met voetbal.'

'Ja, misschien wel.'

'Kun je met die voet wel naar school?'

'Ik weet het niet.'

'Blijf je vanavond thuis?' vraagt zijn moeder hoopvol.

Hij wil haar niet teleurstellen, maar het maakt hem zo verdrietig haar iedere avond als een zombie op de bank te zien zitten.

'Zullen we een dvd'tje kijken?' vraagt hij.

Het liefst zou ik nog een keer teruggaan naar Laura. Omdat ik zo stom was om te vallen, ligt zij in dat duffe ziekenhuis. Er was iets tussen ons. Ik zag het aan haar ogen. Zo lief. Dat ze zo aardig kan reageren, nadat een of andere gek boven op haar belandt. Laura... Laura van Ravensburger... Zou ze ook aan mij denken?

Ze moet weten dat ik er echt serieus van baal. Het bezoekuur is nu voorbij. Maar mama alweer alleen laten?

De vraag over de dvd lijkt niet tot haar te zijn doorgedrongen. Ze staart afwezig voor zich uit.

Ze moet hulp krijgen. Had ik maar het geld om iets voor haar te regelen. Dit gaat zo niet langer. Straks komt ze haar bed niet meer uit.

'Mama, zullen we maandag samen naar de huisarts gaan?' vraagt hij haar zonder haar aan te kijken.

'Moet je terug voor je voet?' is haar reactie. Ook zij kijkt hem niet aan.

'Ja,' is zijn laffe antwoord.

'Het is beter als Scooter met je meegaat.'

Vanuit zijn ooghoeken ziet hij dat ze moeite heeft het glas rechtstreeks naar haar mond te brengen. Zijn moeder die vroeger zo vrolijk en sterk was.

*Het is allemaal de schuld van mijn vader. Die klootzak heeft alle levenslust en energie letterlijk uit haar geslagen.*

Nadat zijn vader door een ongeval op de bouw in de WAO was beland, was hij steeds meer gaan drinken en had hij zijn frustraties op zijn vrouw afgereageerd. Ongeveer vijf jaar geleden was zijn vader met zijn nieuwe geliefde naar Duitsland vertrokken en had zijn moeder de hypotheek niet meer kunnen betalen. Ze waren in een huurhuis in een achterstandswijk terechtgekomen. Zijn moeder had in die tijd een soort straatvrees ontwikkeld en zat sindsdien binnen.

Hij laat haar met rust.

Weer is daar Laura's gezicht.

*Als ze weten dat ik mijn telefoonnummer aan haar heb gegeven, maken ze me af. Ik moet haar met rust laten. Stel dat Kuba haar op gaat zoeken in het ziekenhuis? Nog één keer. Ik móét haar nog één keer zien.*

Hij pakt zijn krukken en staat op.

'Mama, ik moet even een pakje sigaretten voor Scooter halen. Ga maar lekker slapen. Ik red me wel.'


## zaterdag 19 april, 20.00 uur

# Laura

Ze wordt helemaal gek van zichzelf. Het ene moment bekruipt haar de angst dat het zware gevoel in haar benen nooit meer weg zal gaan, het andere moment hoopt ze dat ze nog een tijdje moet blijven, zodat ze Tycho nog eens kan zien en nog even uitstel heeft van het gezeur van haar ouders.

Ze zapt naar MTV en bekijkt zichzelf in haar spiegeltje.

*Hij vond mijn ogen mooi. Heel mooi. Misschien moet ik meer mascara gebruiken.*

Ze probeert voor de zoveelste keer haar benen op te tillen, maar het gaat niet zonder de hulp van haar linkerhand.

*Stel dat ik straks echt niet meer kan lopen? Nee, het is een normale reactie had de arts gezegd.*

Er wordt op de deur geklopt.

*Wat raar. Sinds wanneer doen ze dat?*

Weer hetzelfde geluid.

'Ja?' roept ze onzeker.

De deur gaat langzaam open. Ze herkent het getik van krukken. *Tycho?*

Een stroomstoot schiet door haar buik.

Omdat ze nerveus haar pyjamajas rechttrekt, mist ze het moment waarop hij binnenkomt.

'Hallo... ik... Vind je het goed als ik even op bezoek kom?' hoort ze hem stotteren.

Hij blijft in de deuropening staan en kijkt haar vragend aan.

'Ja, natuurlijk,' zegt ze en ze duwt zichzelf omhoog. Dit keer wordt de stroomstoot veroorzaakt door de buikwond.

Ze bijt op haar lippen en sluit haar ogen.

Het getik van de krukken komt dichterbij en als ze haar ogen weer opent, ziet ze dat hij haar bezorgd aankijkt.

Zijn ene oog is donkerder dan het andere. Een smal litteken deelt zijn rechterwenkbrauw in tweeën.

'Heb je nog pijn?' vraagt hij zacht.

Ze haalt haar schouders op. 'Gaat wel,' antwoordt ze, afstandelijker dan ze bedoelt.

'Weet je al wanneer je naar huis mag?' Zijn stem klinkt superbezorgd.

'Misschien morgen al.'

'Gelukkig,' zegt hij en hij leunt onhandig op zijn krukken.

*Moet ik hem vragen of hij wil gaan zitten?*
Ze herkent de huilende ringtone van zijn mobiel.
'Neem maar op hoor,' zegt ze en dit keer klinkt haar stem gelukkig iets aardiger.
Hij kijkt op zijn scherm, neemt op en luistert.
'Je houdt me wel heel erg goed in de gaten,' zegt hij tegen de persoon aan de andere kant van de lijn.
Heel even kijkt hij haar glimlachend aan, maar meteen daarna betrekt zijn gezicht en zegt hij nerveus: 'Ik ben in het ziekenhuis, omdat de pijn niet te houden was.'
'Oké,' antwoordt hij na een tijdje en hij stopt zijn mobiel met een zucht terug in zijn zak.
'Dat was mijn broer. Hij komt me zo meteen ophalen. Sorry, maar ik wil niet dat hij weet dat ik bij jou ben. Het klinkt stom en dat is het ook, maar hij doet nogal moeilijk en ik wil niet... Ach, laat maar, ik wil jou niet lastigvallen met mijn problemen.'
'Dat doe je niet hoor. Ik ben blij dat ik ook eens wat anders hoor dan dokterspraat of het gezeur van mijn ouders,' flapt ze eruit.
'Als ik je alles zou vertellen over mij en mijn broer, zit ik hier morgenvroeg nog en de kans is groot dat je me dan niet meer wilt zien,' zegt hij.
'Nu maak je me wel heel erg nieuwsgierig. Je bent wel verplicht iets terug te doen toch, nu ik hier dankzij jou lig. Nou, dan wil ik wel wat spannends horen,' zegt ze zo luchtig mogelijk.
Ze ziet dat hij twijfelt.
'Ga zitten. Ik lig hier al de hele dag alleen. Je broer kan toch wel even wachten?' probeert ze.
Tycho gaat gespannen naast haar zitten en laat zijn krukken op de grond vallen. 'Oké, heel even dan,' zegt hij.
'Je doet alsof je bang bent voor je broer.'
'Nou, bang... Hij... Hoe zal ik het zeggen... Hij is gewoon mijn

oudere broer die voor me zorgt en voor mijn moeder, hij bedoelt het goed. Het is meer Kuba voor wie ik bang ben.'
'En wie is Kuba? Het klinkt erg buitenlands.'
'Laat het hem maar niet horen. Het is een afkorting van Kurt Bastiaan. Hij is een vriend, nou ja, vriend. De schuur waar we bij elkaar komen is zo'n beetje van hem.'
'Welke schuur?' vraagt ze voorzichtig.
'Van boer Willem, maar ik moet je dit helemaal niet vertellen. Ik wil veel liever over jou praten. Woon je hier in de buurt?'
'Ja, ik woon in de Beemsterhoeve.'
'Dat is toch die chique wijk?'
'Nou ja, het is maar wat je chic noemt. Het is er oersaai. Ik ben blij dat ik in de Bloemenbuurt op school zit. Daar valt tenminste nog iets te beleven.'
'Op welke school zit je dan?' vraagt hij belangstellend.
'Op het Vincentius.'
'Wauw, studiebol. Ik zit op het vmbo en misschien moet ik na dit jaar wel van school, omdat ik voor de tweede keer in de derde iets te veel onvoldoendes haal.'
'Vind je het te moeilijk of te nutteloos?' vraagt ze.
'Niet te moeilijk en eigenlijk ook niet nutteloos, maar het is meer dat ik me niet kan concentreren door alle ellende.'
Ze schrikt van zijn ernstige blik.
Hij staat plotseling op, pakt zijn krukken en kijkt haar aan. 'Ik zou nog graag even bij je blijven, maar ik moet echt gaan, anders krijg ik problemen met mijn broer. Ik hoop dat je me gelooft dat ik er enorm van baal dat jij hier ligt. Het zou fijn zijn als je morgen naar huis mag. Ik zie je snel weer, tenminste, als jij dat wilt natuurlijk. Dan ga ik nu maar. Dag Laura.'
Ze kan alleen maar in zijn lieve, twinkelende ogen kijken.
*Ik moet iets zeggen, iets leuks. Maar wat?*
Bij de deur draait hij zich nog een keer om en lacht.
Ze lacht terug.

# Spin

*Scooter vermoordt me.*
Als een bezetene springt hij door de gang. Een bejaarde oma deinst terug als hij met een van zijn krukken bijna op haar voeten belandt.
De draaideur is een hel. Na flink wat gevloek staat hij buiten.
Scooter rijdt hem bijna omver. 'Wat stelt dit allemaal voor? Waarom ben je hier?' vraagt hij opgefokt.
'De tape zat te strak, maar het is oké nu. Breng me maar naar huis,' antwoordt Spin gehaast.
'Mooi niet, broertje. Je gaat mee naar de kermis. Kuba wil je nog wat leren.'
'Echt niet, ik heb hartstikke veel pijn. Ik wil naar huis.'
'Stap op. Je hebt wat goed te maken. Als je nu niet meegaat, zal Kuba je niet met rust laten. Ik wil je niet bang maken, maar een uur geleden riep hij nog dat hij je dit keer echt zal laten schrikken als je het laat afweten.'
'Begrijp me dan, Scooter, ik kan dit niet.'
'Je hebt geen keuze. Kom op, watje,' zegt Scooter en hij geeft ongeduldig een paar keer gas.
De moed zakt Spin in de schoenen en hij kan op dit moment niets anders doen dan achter op de scooter gaan zitten, die met veel lawaai de hoofdstraat in scheurt.
Of hij nu wil of niet, hij moet zijn armen om de buik van zijn broer slaan. De krukken raken af en toe de grond, waardoor de scooter bijna tegen de vlakte gaat.

Als ze op het erf aankomen, draait Scooter zich om en zegt: 'Hou je rustig en doe gewoon wat Kuba je vraagt.'

Scooter loopt vooruit en wacht op hem bij de deur. Door de lompe duw van zijn broer valt hij bijna over de drempel.

'Hallo, net op tijd, broertjes. We hebben gehoord dat onze vrienden van de braskeet zich op de kermis hebben laten zien. We gaan ze eens flink laten schrikken. Lachen man. Sproet, jij legt alles vast met je camera. Leuk voor aan de muur en op Youtube,' zegt Kuba en hij gooit het laatste slokje bier in zijn mond.

*Wat zijn ze van plan?*

'Ik blijf hier,' probeert Spin zo zelfverzekerd mogelijk te zeggen, maar het klinkt niet overtuigd.

'Dat dacht ik niet. Ik kan je namelijk goed gebruiken,' is het resolute antwoord van Kuba.

*Als ik niet meega, doet die gek me iets aan.*

De scooters worden gestart en één voor één scheuren ze het erf af.

De rit duurt twintig minuten.

Flikkerende lichten en sireneachtige geluiden komen steeds dichterbij.

Als Kuba zijn scooter tegen een hek zet, waar toch duidelijk op staat dat dit verboden is, volgen de anderen zijn voorbeeld.

Met zijn vijven slenteren ze naar de ingang van de kermis. Spin kan hen met zijn manke voet amper bijhouden.

Kuba staat stil tegenover de schiettent en kijkt spiedend om zich heen. De jongens van de braskeet zijn in geen velden of wegen te bekennen.

'Kom, we gaan even oefenen,' zegt Kuba rustig.

Nog voordat ze halverwege zijn, roept Sproet: 'Daar zijn ze, bij de gokautomaten. Henkie en zijn zwarte maten.'

Ze staan stil en draaien allemaal hun hoofd opzij.

'Doorlopen,' commandeert Kuba. De anderen volgen hem

en kijken en luisteren hoe Kuba negen kogels voor vijf euro bestelt. Hij laadt er drie van in een buks en richt op de schiet- schijf die voor hem hangt. Twee keer in de buitenste ring en één keer totaal mis. Dan laadt hij de buks nogmaals en draait zich om. 'Jij bent,' zegt hij en hij geeft de buks aan Spin.

'Ik kan niet schieten. Geef maar aan Scooter,' antwoordt hij en hij zet geschrokken een stap achteruit.

'Luister, Spin, jij gaat schieten. Bij de laatste, dus jouw zesde kogel, richt je je geweer per ongeluk op Henkie. Ik zorg ervoor dat hij naast je staat. Je richt minstens vijf tellen op hem. Sproet maakt een paar foto's van de loop van het geweer en de kop van Henkie. Lachen man.'

*Kuba spoort echt niet. Denkt hij nu echt dat ik op iemand ga schieten?*

'Waarom ik? Ik kan amper staan, laat staan schieten,' roept hij naar Kuba.

'Spin, richten heb ik gezegd, schieten kan altijd nog. Jij hebt als kreupele een goed excuus als je even je evenwicht verliest en daardoor een beetje uit de richting schiet. Kom op, jongen, je doet net alsof je iemand gaat vermoorden. Het is maar een geintje.'

Hij kan niets anders dan het geweer aannemen als het tegen zijn buik wordt geduwd.

'Ik ga mijn vriend Henkie halen, dus wacht met de laatste drie kogels totdat ik terug ben,' zegt Kuba.

Scooter staat op een behoorlijke afstand van Spin en doet alsof hij er niets mee te maken heeft. Sproet en Tis hebben zo te zien wel zin in een verzetje. Ze stompen elkaar en er verschijnt een spottende grijns op hun gezicht.

Spin zet zijn krukken tegen een hek en probeert de buks zo goed mogelijk in positie te brengen. Vanuit zijn ooghoeken ziet hij dat Kuba met Henkie staat te praten. Hij richt zijn aan- dacht weer op de buks.

De eerste keer schiet hij minstens een meter naast de schijf, en het tweede en het derde schot zijn nog beroerder.

*Nog drie kogels. Shit, ik wil dit niet.*

Kuba staat plotseling met Henkie naast hem en zegt: 'Ik heb een weddenschap met Henkie. Als hij van jou kan winnen, krijgt hij een kratje bier van me.'

Spin zoekt zenuwachtig naar zijn broer. Scooter kijkt de andere kant op als hun ogen elkaar even ontmoeten.

*Lafbek.*

Als Kuba Spin aankijkt, richt hij de buks op de schietschijf en schiet twee keer snel achter elkaar. Wel ergens in de schijf, maar verre van goed. Daarna blijft hij met de buks naar voren gericht stokstijf staan.

*En nu?*

'De laatste, Spin, het is nu of nooit, schiet,' hoort hij Kuba zeggen.

*Schiet? En als ik het niet doe? Kuba gaat over lijken, niet alleen dat van mij, maar ook dat van Scooter. Nee, hij zal mijn moeder...*

Spin zet een knop in zijn hoofd om, draait zijn lijf een kwartslag en richt de buks op Henkie. Het gezicht van de jongen tegenover hem wordt lijkbleek. Met grote ogen en een openvallende mond ziet Henkie eruit alsof hij ieder moment dood op de grond zal neerstorten.

'Kodakmoment,' wordt er geroepen.

Spin hoort en ziet niets meer. Hij staat als een standbeeld met de buks nog altijd op de jongen tegenover hem gericht.

*Moet ik schieten? Gewoon in zijn hoofd?*

Hij zoekt de trekker met zijn wijsvinger en sluit zijn ogen.

Met een harde klap wordt het geweer uit zijn handen geslagen. Scooter staat voor hem en kijkt hem met een wilde blik aan.

'Waar ben je mee bezig?' roept hij.

Spin laat de buks op de grond vallen, pakt zijn krukken en strompelt weg.

zaterdag 19 april, 21.30 uur

# Kuba

'Wegwezen,' roept hij en hij duwt Spin hardhandig naar de uitgang. Als hij nog één keer omkijkt, ziet hij dat de schiettenteigenaar richting Henkie rent, die nog altijd als een zombie op dezelfde plaats staat.

*De sukkel. Hij dacht echt dat hij er geweest was.*

De buks ligt op de grond.

'Doorlopen, kom op, het laatste wat we nu nodig hebben is gezeik met de politie. Spin gaat bij mij achterop. We maken een omweg,' roept hij en hij rukt het slot van zijn scooter.

Spin gaat als een mak schaap achterop zitten. Zijn krukken vallen op de grond.

Heel even lijkt het erop dat Spin af wil stappen om ze op te rapen, maar als de scooter liggend door de bocht scheurt, voelt hij de handen van Spin om zijn middel en hoort hij de anderen achter hem aankomen.

Het dorp is een droomcircuit. Bochten, drempels waardoor ze een halve meter omhoog vliegen, een stuk zandweg en de donkere bosweg naar de stad.

*Mij pakken ze niet. Niemand, maar dan ook niemand krijgt mij klein. Zeker niet die sukkels van de braskeet.*

Op het stuk op de binnenring overschrijden ze de maximale snelheid met zeker dertig kilometer.

*Wauw, die foto's van Henkies gezicht zijn goud waard. Wat een loser!*

Omdat de anderen achterop raken, vermindert hij met tegenzin wat vaart. Spin jammert als ze na de vluchtheuvel weer grond onder hun wielen voelen.

45

*Ja, vriend, als je een bikkel wilt worden, moet je tegen een stootje kunnen.*
Heel even schiet de gedachte door zijn hoofd om bij de bras-keet langs te gaan, maar hij heeft zich echt voorgenomen geen onnodige risico's te lopen de komende weken. Alleen al de ge-dachte aan Henkies donkere vriendjes maakt weer dat haat-gevoel in hem los en doet hem ernstig twijfelen.

*Die vier buitenlanders zijn al veel te veel, laat staan zestienhonderd.*
In het centrum rijdt hij naar de markt en stopt bij café De Lok-vogel. Ze komen er gemiddeld één keer per week als ze zin hebben om gratis te drinken of te eten. Lena, de moeder van Sproet, is de eigenaresse. Sinds Kuba haar zoon Sproet heeft opgenomen in de groep, is ze hem zo dankbaar dat ze op ieder moment kunnen aankloppen om hun kelen te smeren of hun hongerige magen te bedienen.

Vrijwel niemand is op de hoogte van Sproets vreemde prak-tijken. Waarschijnlijk weet ook bijna niemand dat hij een tijd-je heeft vastgezeten. Zelf praat hij er nooit over en als je het niet weet, zul je het nooit achter de roodharige sproetenkop zoeken.

Kuba had het per toeval een keer uit de mond van Sproets dronken vader gehoord. 'Mijn zoon is echt gestoord. Hij laat zijn zaakje zien aan kleine meisjes. Dat moet mij weer overko-men, wat een mislukkeling heb ik op de wereld gezet,' had hij met dubbele tong gebrald. Sinds Kuba Sproets geheim kent, eet Sproet uit zijn hand.

Spin stapt af en strompelt als een oud mannetje naar de voor-kant van het café, waar hij onhandig tegen de muur leunt.

De anderen arriveren na een paar minuten en zetten hun scoo-ters bij die van Kuba.

'Ik heb een droge keel gekregen van die angstkop van Henkie. Laten we even een biertje pakken en dan de foto's bekijken,' zegt hij en hij trekt de klep van zijn pet naar beneden.

'Daar hebben we onze kanjers,' roept Lena zodra ze binnen

zijn. 'Wat gezellig. Heeft Sproet jullie weer overgehaald? Die jongen kan zijn moeder ook geen dag missen. Allemaal een biertje?' Ze wacht niet op antwoord en tapt vijf grote glazen vol en zet ze op de bar.

Allemaal, behalve Spin, zetten ze het glas aan hun mond en gieten het in één teug leeg.

'Spin, kom op, of ben je zo geschrokken dat je niets meer door je keel kunt krijgen?' roept Kuba en hij tikt met zijn lege glas op de bar. 'Lena, mogen we er nog een paar?'

'Wat een dorst. Hebben jullie zout gegeten of hard gewerkt?' vraagt Lena.

'Spin, vertel jij Lena eens wat voor klus we zojuist geklaard hebben,' beveelt hij.

Het gezicht van Spin verraadt dat hij zich absoluut niet gelukkig voelt. Er komt geen woord uit zijn mond.

Scooter neemt het dit keer voor zijn broertje op. 'Laat hem nu maar met rust, Kuba. Hij heeft gedaan wat je hem vroeg.'

'Krijg ik nog iets leuks te horen?' vraagt Lena.

'We hebben gewoon wat lol getrapt op de kermis. Misschien kan Sproet je een mooie foto laten zien.' Kuba draait zich om naar Sproet en kijkt hem vragend aan.

Als de mobiel mét het van angst vertrokken gezicht van Henkie passeert, beginnen ze hard te lachen. Lena, die als laatste de telefoon in haar handen krijgt geduwd, kijkt aandachtig.

'Dat is toch Henk van Putten? Het lijkt wel alsof hij het in zijn broek heeft gedaan.'

'Dat heeft hij ook. Henkie is gewoon een schijterd,' zegt Kuba. Lena kijkt hem vragend aan. Daarna lacht ze en geeft de mobiel terug.

*Waarschijnlijk heeft ze de loop van het geweer niet gezien.*

'Ach, het is niets. Hij had te lang in de draaimolen gezeten,' antwoordt Kuba rustig en hij lacht terug naar Lena.

Ze zegt gemaakt streng: 'Laat ik er niets van horen. Trouwens, als je je verveelt, heb ik nog wel een klusje voor je. Kuba, jij hebt toch een opleiding tot loodgieter gedaan? Zou jij vandaag of morgen eens naar de kraan in de keuken willen kijken? Ik durf hem niet meer open te draaien, omdat het water er aan alle kanten uit spuit. En je weet hoe Jan is: die kent alleen een tapkraan.'

'En dan vraag je Kuba om dat te fiksen? Wil je soms een zwembad van je keuken maken?' zegt Sproet lachend.

*Wat een rotopmerking. Alsof hij het zelf wel kan. Hij kan zijn eigen kraantje niet eens drooghouden.*

'Ik kom morgen wel even kijken,' mompelt hij.

'Je bent een schat,' zegt Lena

*Niemand heeft ooit tegen mij gezegd dat ik een schat ben. In de zeventien jaar dat ik op deze verrotte aardbol rondloop, heb ik nooit gehoord dat iemand me een schat vindt.*

De anderen hebben het waarschijnlijk niet gehoord, want er volgt geen commentaar.

'Betaal me nu alvast maar met een rondje, Lena, dan kunnen we misschien nog iets maken van de avond. Jongens, wat denken jullie van een kort maar krachtig bezoekje aan de braskeet? Sproet, misschien kun jij thuis even een paar printjes maken? Leuk cadeautje toch? Neem ook tape mee. Over een halfuur gaan we.'

Sproet staat meteen op.

Na vier biertjes nemen ze afscheid van Lena. Spin zit op zijn aandringen weer bij Kuba achterop. Sproet staat hen op te wachten aan het einde van de straat en sluit zich bij hen aan.

Kuba voelt zich goed. Zijn lijf is onrustig, maar zijn geest is helder. Een paar maanden geleden was hij al van plan geweest Henkie terug te pakken. Dat gozertje had het lef gehad hem in het bijzijn van Jan en alleman zwaar voor schut te zetten. Bij de kassa van de supermarkt had hij hem luidkeels gevraagd hoe het mogelijk was dat zijn ouders in een dure bak reden terwijl ze van een uitkering moesten leven. Hij had toen nog niet gereageerd.

De braskeet, een vervallen stenen gebouw met ruim twintig meter daarachter een opbergschuurtje, ligt net buiten de stad, aan de rand van een sloperij. Behalve Henkie bestaat de groep uit alleen maar buitenlanders.

*Stuk voor stuk tuig. Nu zijn het er vier in het totaal, maar over een paar maanden zullen de zwarten het dorp terroriseren. Echt niet.*

Er brandt geen licht in de keet.

Hij gebaart naar de rest dat ze langzaam moeten rijden en hun lichten moeten doven.

*Alleen de foto's ophangen is een te milde straf voor Henkie. Ik moet hem echt laten bibberen. Daar is maar één goede oplossing voor. Vuur!*

Hij zet de motor van zijn scooter uit en stalt hem op veilige afstand van de schuur. De anderen volgen zijn voorbeeld en komen naast hem staan.

'Goed, we gaan het opbergschuurtje een beetje aanpakken. De keet zelf kan later altijd nog. Spin, jij trekt je shirt uit. Ik stop het in mijn tank en Scooter, jij steekt het straks in de fik en gooit het door het openstaande raampje. Jij bent nu de snelste. De afdrukken van de foto hangen we op aan de containers. Het zou jammer zijn als ze in vlammen opgaan.'

Sproet haalt de stapel A4'tjes uit een plastic zak en verdeelt ze. Binnen een paar minuten is de omgeving versierd met het hoofd van Henkie.

*Echt lachen, die schijtkop. Hij doet het vast ook goed op internet.*

Hij doopt het shirt in de volle tank en Scooter pakt het natte, stinkende geval aan.

'Hier, mijn aansteker. Je loopt er rustig naartoe – maak geen sporen in het zand – steekt het shirt in de fik en gooit het als het goed vlam heeft gevat naar binnen. Daarna ren je terug. Nu.'

Aan het gezicht van Scooter is niet goed te zien of hij nerveus is. Hij loopt zonder om te kijken in een behoorlijk snel tempo langs de struiken naar het opbergschuurtje.

Omdat er vlak bij de keet een straatlantaarn brandt, is Scooters silhouet nu goed te volgen. Hij staat naast het open raam, met zijn rug tegen de stenen muur.

*Kom op man, nu.*

Het brandende shirt verdwijnt door het raam en even later rent Scooter over het gras terug in hun richting.

De vlammen zijn er sneller dan Kuba had verwacht.

In een mum van tijd ronken de vier motoren en rijden ze terug naar de grote weg.

Kuba mindert vaart en hij stopt bij het Van Baarnbos, dat tegenover de braskeet ligt.

Ze kunnen vanaf deze plek moeilijk zien of het vuur nog brandt.

Dan klinken er verschillende knallen.

*Waarschijnlijk flessen.*

Bij het raam zijn nu vlammen te zien.

*Ik zal thuis een kaarsje voor ze branden.*

'Kom op, wegwezen,' roept Kuba.

Spins lijf trilt helemaal.

'Had Henkie maar niet met vuur moeten spelen,' zegt hij en hij trekt Spin aan zijn jas.

Ze scheuren naar de hoofdweg en brullen hun overwinnings-kreet de nacht in.


## zondag 20 april, 9.00 uur

# Laura

Ook de tweede nacht was lang en eenzaam geweest.

Elke beweging, ieder hoestje veroorzaakt een pijnscheut. Dat haar hand in het gips zit is behoorlijk lastig, maar ze maakt zich het meest zorgen over haar benen. Nog steeds kan ze ze niet optillen, laat staan erop lopen.

Over een uur hoort ze of ze echt naar huis mag.

*Dan zie ik Tycho waarschijnlijk nooit meer. Ik kan hem bellen, maar wat moet ik zeggen?*

*Wat heb ik zin in een sigaret. Tycho rookt ook, want hij had het erover dat hij zijn aansteker had laten vallen.*

Ze pakt haar mobiel en het servetje waar zijn nummer op staat.

*Het is veel te vroeg om te bellen. Een sms'je?*

*Lieve Tycho*

Ze wist de woorden en begint opnieuw.

*Hallo Tycho*

*Zie ik je nog een keer?*

*Ik ben nog in zhuis.*

*Te saai dus.*

*Laura*

Verzenden?

'Ja,' zegt ze hardop en ze drukt op het knopje.

Ze ziet het al helemaal voor zich: 'Papa en mama, dit is mijn nieuwe vriend. Hij is op mij gevallen. En... ik ook op hem.'

Ze staart naar het scherm van haar mobiel en drukt haar lippen erop.

Als de arts haar naam fluistert, schrikt ze zich rot.

'Een euro voor je gedachten,' zegt hij vriendelijk.

Ze bloost en laat het mobieltje op het bed vallen.

'Mag ik nog één keer naar je buik kijken?'

Ze trekt haar shirt omhoog.

Terwijl de arts het verband losmaakt, blijft ze hem aankijken.

'Het ziet er echt goed uit en ik las dat je geen koorts hebt, dus dat gaat de goede kant op.'

*Nee, ik wil nog niet naar huis.*

Hij strijkt het verband weer plat en knijpt even in haar wang.

'Zullen we eens kijken of je een stukje kunt lopen?' vraagt hij.

Ze pakt zijn behaarde arm beet en tilt met haar hand haar benen over de rand van het bed. Als ze op haar voeten steunt en zich overeind wil duwen, zakt ze door haar benen. De arts grijpt haar snel vast.

Ze schrikt en kijkt de dokter vragend aan.

'Maak je geen zorgen. Ik heb je al verteld dat het vaak voorkomt dat de kracht in je benen tijdelijk minder is. Maar dat betekent wel dat ik je nog even hier wil houden. Duw eens met je voeten tegen mijn handen,' zegt hij, terwijl hij aan het uiteinde van het bed gaat staan.

Ze duwt, maar voelt dat haar voeten niet mee willen werken.

'Voel je dit?' vraagt de arts als hij met een stalen pen over haar voetzolen wrijft.

'Nee?' hoort ze hem vragen.

Ze schudt haar hoofd en bedekt haar ogen met haar arm.

'Het komt goed. Rust maar lekker uit. Morgen kijken we verder en als er dan nog problemen met je benen zijn, raadplegen we de neuroloog of de fysiotherapeut. Dus meisje, probeer maar een beetje afleiding te zoeken,' zegt hij met een lach.

*Hoe kan hij zo rustig blijven terwijl ik verlamd ben?*

De dokter geeft haar een hand. Hij wil iets gaan zeggen, maar wacht daar even mee, omdat het berichttoontje van haar mobiel niet alleen hem, maar ook haar verrast.

'Dat zal je vriendje wel zijn. Kijk maar snel, misschien kan hij voor wat afleiding zorgen. Ik zie je morgen. Maak je niet te veel zorgen.'

Ze knikt en kan nog net het fatsoen opbrengen om te wachten totdat hij de kamer uit is, voordat ze op het envelopje drukt.

*Goedemorgen Laura*
*Heb je een beetje geslapen?*
*Wanneer mag je naar huis?*
*Ik denk aan je.*
*Tycho*

Het paniekerige gevoel over haar benen maakt plaats voor een warme golf die door haar lichaam rolt.
*Wat een lief berichtje.*
Ze leest het nog een keer.
*Ik wil hem zien.*

*Hallo Tycho*
*Heb ik je wakker gemaakt?*
*Ik mag nog niet naar huis.*
*Kom je op bezoek?*
*Zullen we zeggen dat je bij mij in de klas zit?*
*Laura*

Ze verstuurt het en voelt zich meevliegen met het berichtje naar de jongen die constant in haar hoofd zit. Ze ziet in gedachten zijn gezicht als hij haar berichtje leest. Zijn prachtige ogen en zijn lachende mond.
Haar droombeeld verdwijnt omdat haar mobiel zich weer meldt.

*Ik kom.*
*Stel dat je ouders vragen over school stellen?*
*Help je me dan?*
*Kan ik na het bezoekuur komen?*
*Tycho*

Ze zit de vragende gezichten van haar ouders voor zich.
*Laat ze maar denken. Ik maak zelf wel uit wie ik wil zien.*

*Na t bezoekuur is goed.*
*Je zit in 3c.*
*Kun je sigaretten meenemen?*
*Kus Laura*

Een zuster komt binnen en knikt haar bemoedigend toe. 'Het gevoel in je benen komt echt wel terug, je moet gewoon rustig blijven, dat helpt,' zegt ze.
*Hoe kan ik rustig blijven? Mijn lijf staat in brand.*

## zondag 20 april, 11.00 uur

# Spin

Door de berichtjes van Laura is hij de ellende van gisteravond even vergeten. Heel even maar. Steeds weer ziet hij de vlammen voor zich. Niet alleen die van gisteren, maar de beelden van de brandende auto van zijn vader komen ook steeds terug. Het is nu alweer drie jaar geleden dat het is gebeurd. Volgens de psycholoog had hij het gedaan om zich te wreken op zijn vader die hun gezin jarenlang had geterroriseerd. In een opwelling had hij op een nacht benzine over de autostoelen gegoten. De rest kan hij zich amper herinneren. Wel dat hij meteen bekend had en dat zijn vader hem vermoord zou hebben als Scooter niet tussen hen in was gesprongen. Hij moet sindsdien door het leven met een strafrechtelijk verleden, zoals ze dat zo mooi noemen.
*Zouden de vlammen niet overgeslagen zijn naar de braskeet?*
Hij had Scooter gesmeekt hem na het bezoek aan de braskeet naar huis te brengen. Zijn broer had het tot zijn verbazing zonder commentaar gedaan.

In zijn bed waren de tranen gekomen. In paniek had hij naar de locale radiozender geluisterd, maar er was niets gezegd over een brand. Steeds had hij gedacht sirenes te horen, maar het zat allemaal alleen maar in zijn hoofd.

*Ze gaan wraak nemen, zeker weten. Henkie zal mij als eerste pakken. Ik was zo stom om dat geweer op hem te richten. Ik moet met Scooter praten en hem ervan overtuigen dat het voor iedereen beter is als ik ermee kap. Het leren jack geef ik terug. De driehonderd euro ook, maar hoe kom ik aan het geld?*

De pijnscheuten in zijn voet zijn deze morgen nog erger dan gisteren.

In de kamer naast hem hoort hij gestommel.

Hij gooit het dekbed van zich af en zet zijn voeten voorzichtig op de grond.

*Shit, ik heb geen krukken meer.*

Op één been springt hij naar de overloop en hij wacht totdat zijn broer uit de kamer komt.

Scooter kijkt hem slaperig aan. 'Man, ik schrik me dood. Wat moet je?'

'Ik wil ermee kappen. Kuba en zijn bende zijn niets voor mij, Scooter,' antwoordt hij nerveus.

Stomverbaasd vraagt zijn broer: 'Wat? Ermee kappen? En jij denkt dat dat zomaar kan? Dat Kuba je met rust zal laten?'

'Ik betaal alles terug en ik zweer het, Scooter: ik hou mijn mond. Zeg hem dat ik alleen maar tot last ben.'

'Ik moet pissen. Spin, je moet nadenken, jongen. Hoe wil je dat geld terugbetalen? Je zult met een heel goede smoes moeten komen en die zal zelfs niet goed genoeg zijn. Vanmiddag ga je gewoon met me mee naar de schuur. We hebben een heel mooi klusje voor je.'

Scooter loopt hem voorbij en gaat het toilet binnen.

Spin springt achter zijn broer aan en wacht bij de deur. 'Hebben jullie nog iets gehoord van de braskeet?'

Scooter trekt door. 'Hij staat er nog. Nog wel.'

'Shit man,' is alles wat er uit Spins mond komt.

'Het is maar levenloos materiaal. Maak je niet zo druk, broer-tje, alle sporen zijn gewist. Ik ga nog even slapen. Zorg dat je om twee uur klaarstaat.' En weg is Scooter.

*Scooter snapt er niks van. Ik kan dit niet. Echt niet.*

Ontredderd blijft hij een paar minuten staan.

*Weer die verdomde tranen. Jankerd, mietje.*

Zijn vader had het vaak gezegd: 'Mijn jongste zoon had eigenlijk een meisje moeten zijn. Hij heeft te veel vrouwelijke hormonen. Misschien moeten we hem voor het leger aanmelden, dan is er nog een kans dat hij wat harder wordt.'

Nog meer tranen.

*Laura, ik moet haar vanmiddag zien.*

De deur van de slaapkamer van zijn moeder gaat open. Ze ziet hem in eerste instantie niet staan, maar net voordat ze de bad-kamer in gaat, richt ze haar hoofd op en kijkt ze hem recht in zijn ogen. 'Lieverd, wat sta je daar nu? Gaat het wel? Heb je veel pijn?'

*Ze staat daar zo hulpeloos, zo onhandig.*

Hij zou tegen haar aan willen leunen, maar hij kan geen stap verzetten. Hij wil haar niet nog meer verdriet bezorgen.

'Het gaat wel, ik stootte net mijn voet.'

Hij draait zich om, hinkt zijn kamer binnen en laat zich op zijn bed vallen.

*Waarom ben ik zo zwak?*

Het geluid van een nieuw berichtje leidt hem af. Zijn wijsvin-ger belandt supersnel op het envelopje.

*Hoi Tycho*
*Ik raak te veel achter met mijn huiswerk.*
*Mijn ouders zijn rond 8 uur weg.*
*Kusje Laura*

Hij houdt het mobieltje tegen zijn borst.
*Wat moet ik doen? Als Kuba op een of andere manier te weten komt dat ik haar opzoek, maakt hij me af.*
Het angstzweet breekt hem uit, maar het verlangen over-heerst.

*Hallo Laura*
*Ik kom je helpen.*
*Tot 8 uur.*
*xxxxx Tycho*

## zondag 20 april, 11.30 uur

# Kuba

*Als we vanmiddag dat geld van de baas van Tis willen binnenhalen, moet ik nu naar Lena gaan.*
Zijn lijf voelt alsof er een vrachtwagen overheen is gereden.
*Ik had gisteravond toch iets minder van die wodka moeten nemen.*
Hij sleept zich naar de bouwvallige douche die zijn vader twee jaar geleden op de zolderverdieping heeft aangelegd.
'Zolang je in dit huis blijft wonen, verwachten we dat je ons niet meer lastigvalt en dat je je zo weinig mogelijk, of liever helemaal niet, op onze verdiepingen laat zien,' had hij dood-leuk gezegd. Hij had zijn eigen zoon als een valse hond naar zijn hok verbannen.
Hij wordt langzaam weer mens als de harde straal over zijn lijf dendert.
De ellende is allemaal begonnen sinds zijn vader tweeënhalf jaar geleden werd ontslagen. Vanaf dat moment kon hij zijn zoon niet meer in zijn buurt verdragen.

*Hij moest zijn frustraties nu eenmaal op iemand afreageren! Niet dat we daarvóór wel goed contact met elkaar hadden.*

Na zijn deportatie naar de zolder hebben hij en zijn vader nauwelijks nog een woord met elkaar gewisseld. Nooit meer samen gegeten, nooit meer enige vorm van belangstelling.

Zijn moeder is niet zo, maar zij kan niets anders dan naar de pijpen dansen van haar gefrustreerde man. Ze stopt af en toe stiekem wat eetbaars in het koelkastje van haar altijd hongerige zoon.

Het gammele ding stond een paar dagen na de komst van de douche plotseling op zijn kamer. Zijn vuile was heeft hij vanaf die tijd naar de wasserette moeten brengen. De laatste keer had hij bijna een medewerkster aangevallen omdat ze een lullige opmerking over zijn Lonsdale-sweaters had gemaakt.

*Ik ben een stuk vuil voor mijn ouders. In de schuur ben ik iemand, nee, ben ik de baas.*

*Lena... Verse koffie, warme broodjes, een lach, lieve woorden. Ze behandelt me niet als een nul.*

Lena is de enige die hem een goed gevoel kan geven. Het is een ander gevoel dan wanneer ze met succes een kraak hebben gezet. Het gevoel gaat dieper en blijft langer hangen.

*Hopelijk slaapt haar man zijn roes uit. Hij is de laatste die ik tegen wil komen. Zeker nadat hij in dronken toestand heeft geroepen dat alle buitenlanders in zijn kroeg welkom zijn en dat hij zelfs met hen wil proosten.*

Zijn ouders zijn de deur al uit. Op zaterdag- en zondagmorgen gaan ze vrijwel altijd vroeg op pad en komen ze laat in de avond of in de nacht terug. Vaak hebben ze dan knallende ruzie. Het is hem nog steeds niet duidelijk wat ze waar en met wie uitspoken. Iets wat veel geld oplevert in ieder geval. Sinds de baan van zijn vader door een buitenlander is overgenomen, hebben ze zo hun eigen manieren om geld binnen te halen.

*Het zou me niet verbazen als mijn moeder de hoer moet uithangen. Ze*
*zullen wel iets moeten nu zijn pa een strafblad heeft. Hij komt in de stad*
*niet meer aan de bak. De sukkel had de Marokkaan die zijn werk had*
*overgenomen op een morgen opgewacht en het ziekenhuis in geslagen.*
Vanaf die tijd is zijn vader openlijk een allochtonenhater.
*Niet dat ik dat van hém heb overgenomen, maar die buitenlanders zijn*
*een absolute bedreiging voor mijn eigen toekomst.*
Zijn haat was vier jaar geleden ontstaan en was in de loop
der jaren alleen maar toegenomen. Hij was toen veertien. Een
groep Marokkaanse jongens had hem totaal de vernieling in
geslagen nadat hij een meisje, dat een vriendinnetje van een
van de leipe Mocro's bleek te zijn, een drankje had aangeboden. Hij had zich niet kunnen verweren en had er naast de haat
een enorm litteken op zijn wang aan overgehouden.
Hij trekt zijn nieuwe shirt aan en spuit een van zijn dure geur-
tjes in zijn hals.
*Misschien moet ik Henkie ook een geurtje toesturen om het angstzweet te*
*bestrijden. Er moet vandaag iemand in de buurt van de schuur blijven*
*voor het geval dat hij wraak wil nemen. Hij mag het proberen. Dan valt*
*er nog iets te beleven op een saaie zondag.*
Beneden is het al even stil als boven. Er hangt een rotte lucht
in de keuken.
*De poes? Schimmel in de koelkast? Een volle afvalbak? Waarom is er niet*
*eens wat te drinken in huis?*
In de schuur verzamelt hij het nodige gereedschap en laadt het
in een kist. Het lawaai van zijn ronkende scooter is oorver-
dovend als hij de straat uit rijdt.
*Het zal de uitslapers nu wel uit hun schoonheidsslaapjes gehaald hebben.*
Het rijden op de scooter maakt hem rustiger. Hoe sneller hij
gaat, des te rustiger wordt het in zijn hoofd.
Voor het café van Lena mindert hij vaart en hij parkeert zijn
scooter om de hoek.
Als hij door het raam kijkt, ziet hij haar achter de bar staan. Ze

heeft hem zo te zien niet opgemerkt en wast zingend een stapel glazen af. Haar zwarte krullen heeft ze in een staart gebonden. Steeds valt er een lok in haar gezicht, die ze ijverig probeert weg te blazen. Haar lippen zijn rood, ze maakt ze af en toe nat met haar tong. Plotseling richt ze haar hoofd op en kijkt hem lachend aan. Ze wenkt hem naar binnen.

'Hoe lang sta je daar al? Je was me toch niet stiekem aan het begluren?' vraagt ze als hij in de deuropening staat.

Hij bloost.

'Ik ben vroeg omdat ik vanmiddag nog een ander klusje heb,' zegt hij stuntelig.

'Je hebt het maar druk. Had Sproet maar een beetje van jouw inzet. Zoals gewoonlijk ligt hij nog te slapen. Kun jij hem niet motiveren wat actiever te zijn? Ik heb het idee dat hij sinds, ja je weet wel, amper onder de mensen durft te komen. Behalve op en neer naar de schuur gaan heeft hij geen enkele bezigheid. Ik word er soms wanhopig van.'

'Ik heb nog wel een paar klusjes voor hem,' antwoordt hij.

Ze strijkt hem even over zijn wang. 'Wat ben je toch een kanjer. Wil je een kop koffie voor je begint en zal ik een paar broodjes in de oven leggen? Of zal ik eieren met spek bakken?'

Zijn gezicht gloeit.

'Nou, wat wil je?'

'Ja, lekker,' zegt hij afwezig.

Ze schudt lachend haar hoofd. 'Loop je mee naar de keuken, dan zal ik je de lekkende kraan laten zien.'

Hij pakt zijn gereedschap en loopt achter haar aan.

'Dit is hem,' zegt ze.

Hij loopt naar haar toe en steekt zijn hand uit naar de kraan.

*Waarom tril ik zo?*

'Let op, het water spuit alle kanten op als je hem opendraait,' roept Lena lachend.

'Waar is de hoofdkraan?'

'In de kelder. Wacht, ik zal het je laten zien.'
Ze opent de kelderdeur en gaat hem voor de trap af. Overal staan kratten fris en stapels dozen.
'Kijk daar.' Ze wijst naar een roestige kraan onder een plank.
Hij bukt zich en raakt met zijn hoofd bijna haar benen. Hij voelt haar warmte en ruikt haar lichaamsgeur.
*Als ik nu naar boven kijk...*
'Ik maak je eieren alvast klaar. Je moet goed eten voordat je aan de arbeid gaat,' zegt ze en haar benen verdwijnen uit zijn gezichtsveld.
Hij hoort haar de trap op gaan.
*Wat gebeurt er toch allemaal met me?*
De hoofdkraan dichtdraaien stelt niets voor. Heel even blijft hij staan voordat hij weer teruggaat.
Lena staat met haar rug naar hem toe. Ze neuriet.
Hij gaat achter haar staan.
Ze draait zich langzaam om en kijkt hem recht in zijn ogen. Hij blijft haar aankijken. Zo staan ze misschien wel een minuut.
'Je ei is klaar,' zegt ze plotseling en ze loopt naar het aanrecht.
Met knikkende knieën schuifelt hij naar de tafel.
'Ga je niet zitten?'
Die lippen, hij kan zijn ogen er niet van afhouden.
*Ze vindt me een schat.*
Als ze voor hem staat met een bord in haar handen, voelt hij zich helemaal slap worden.
'Lena... ik... vind... ik wil...' stottert hij en hij drukt onverwachts zijn mond op haar rode lippen.
Het bord komt tegen zijn borst.
Lena zet een stapje achteruit.
Zijn hart bonkt.
Ze lijkt geschrokken, maar legt even later haar handen in zijn nek en trekt hem plotseling naar zich toe. Hun monden vinden elkaar steeds weer. Eerst verkennend, later als magneten.

Ze sluit haar lippen en kijkt hem lachend aan. Ze zet het bord weg en gaat daarna zelf op de rand van de tafel zitten en pakt zijn handen beet. Hij moet wel een paar stappen vooruit zetten. Ze houdt haar hoofd een beetje schuin omhoog. Zijn lijf gloeit en hij buigt zijn hoofd om haar te kussen. Haar tong strijkt langs zijn lippen. Als ze zijn shirt uit probeert te trekken, gaat er van alles door zijn hoofd. Ze kust zijn nek, zijn borst en hij hoort haar snelle ademhaling.

Alles verdwijnt. Alleen Lena's mond, haar vuurrode lippen, bestaan.

Het geluid van een naderende scooter bezorgt hem een hartstilstand.

Lena laat hem abrupt los.

Hij grist zijn shirt van de grond en loopt naar het aanrecht.

*Sproet? Het is zijn scooter. Toch? O nee, hij heeft ons gezien.*

In alle zenuwen trekt hij zijn shirt achterstevoren aan. Tijd om het gereedschap uit de kist te halen is er niet.

Buiten is het stil.

Hij bukt zich en opent het kastje onder het aanrecht.

De deur van het café gaat open en weer dicht. Voetstappen komen in een snel tempo dichterbij.

Als de keukendeur opengaat, hoort hij Lena gehaast bij hem vandaan lopen.

'Hé Sproet. Wat ben jij vroeg. Er is toch niets aan de hand, hoop ik?' hoort hij Lena vragen.

'Nou... niks aan de hand,' zegt Sproet veelbetekenend.

Dan valt er een stilte.

*Hij heeft ons gezien.*

'Kuba is zo lief en kundig om de kraan voor mij te maken,' zegt Lena.

*Ik moet normaal, rustig opstaan. Waarom zeggen ze niets meer?*

Als hij zichzelf overeind duwt, voelt het alsof zijn hoofd ieder moment kan exploderen.

Sproet kijkt hem onderzoekend aan. 'Zo, Kuba, waar heeft mijn moeder dit allemaal aan verdiend?'
*Wat bedoelt hij?*
'Ik wist niet dat-ie zo goed is,' gaat Sproet spottend verder.
'Ja, dat is hij. Kom op, jongens, gaan jullie maar alvast in het café zitten, dan maak ik voor jou ook een lekker ontbijtje, Sproet,' zegt Lena rustig.
'Daar kwam ik voor,' is het antwoord van Sproet.

## zondag 20 april, 13.30 uur

# Spin

De gebakken eieren zijn een ramp: aangebrand en te zout.
*Alles mislukt. Ik ben een totale mislukkeling.*
Zijn moeder zit al een uur bewegingloos op de bank naar de tv te staren.
'Mama, wil je een ei?' roept hij vanuit de keuken.
'Nee, jongen. Eet zelf maar goed.'
Scooter komt de keuken binnen en slaat hem op zijn schouder. 'Broertje, alles kits? Ik wil ook wel een eitje,' zegt hij en hij graait er een uit de pan.
'Vanmiddag om twee uur verzamelen we in de schuur. We gaan het geld dat Tis nog tegoed heeft van zijn vorige baas terughalen,' fluistert zijn broer.
'Ik kan niet. Mijn krukken zijn weg, mijn enkel is hartstikke dik en ik heb hoofdpijn. Kan Tis dat niet gewoon zelf doen?'
'Ik dacht het niet. Die man schijnt nogal een beul te zijn. En als het goed is, houden we er allemaal een mooi centje aan over, jij ook,' zegt Scooter nogal trots.
'Hoe gaan jullie het terughalen en waar is het?'

'Bij die tweedehandsautozaak van Wergter. Tis heeft nog meer dan driehonderd euro van die afzetter tegoed. En de rente natuurlijk. Wergter heeft op zondag, vandaag dus, een volle geldkist, die hij pas maandagmorgen naar de bank brengt. Maar dit keer niet!'

*Scooter lijkt het de normaalste zaak van de wereld te vinden. Ongelofelijk. Hoe is hij zo geworden? Hij lijkt op papa. Ook zo genadeloos hard.*

'Hoe ga je dat dan doen?' vraagt hij aan Scooter.

'Tis weet waar hij de kist bewaart. Wij leiden die vent wat af. Het is echt de gemakkelijkste klus ever. We gaan hier over een uurtje weg. Wie er niet bij is, kan naar het geld fluiten.'

*Als ik hem vertel dat ik voor acht uur terug moet zijn, gaat hij daar zeker moeilijk over doen. Van het geld kan ik wel een taxi naar het ziekenhuis nemen.*

Scooter neemt een hap van het ei en trekt een vies gezicht. Hij spuugt alles terug in de pan.

'Wat kun jij nu eigenlijk wel?' vraagt hij.

'Ik wil dat mama naar de dokter gaat, Scooter. Ze is zo somber en eet bijna niets meer. Ze moet opgenomen worden.'

'En wie betaalt dat? We zijn niet verzekerd, weet je nog? Dat zou pa regelen, maar die heeft waarschijnlijk zelf pillen van het geld gekocht.'

'Wij, wij moeten het betalen, Scooter. We moeten haar helpen.'

'Dat moet jij nodig zeggen. Je durft niet eens mee naar Wergter. Daar ligt het geld voor het oprapen. Voor het oprapen, hoor je me!'

'Goed, ik ga mee,' zegt hij en hij gooit de rest van de eieren in de prullenbak.

'Heb je een muts?' vraagt Scooter.

'Hoezo?'

'Knip er twee gaten ter hoogte van je ogen in en neem hem mee. Trek je zwarte jack en een spijkerbroek aan.'

'Waarom?'

'Vraag niet zoveel en doe gewoon wat ik zeg. Je wilt toch geld zien? Nou dan.' Scooter loopt de keuken uit.

*Dit gaat te ver. Het leek een paar weken geleden allemaal zo onschuldig. Een beetje lol trappen en af en toe ergens wat spullen ophalen en die vet verkopen. Geen geweld en vooral geen gezeik met de politie.*

'Spin, eten jullie vanavond thuis?' roept zijn moeder vanuit de kamer.

Nadat de huisarts een paar jaar geleden had geconstateerd dat haar zonen ondervoed waren, is zijn moeder als de dood dat ze niet genoeg eten.

'Nee, mam, we mogen bij Lena eten,' zegt hij.

*Het lukt mij ook steeds beter te liegen.*

'Goed, dan eet ik de restjes van gisteren,' antwoordt ze.

*Ze heeft het altijd met restjes moeten doen. Wat een rotleven. Ik zal ervoor zorgen dat er verandering in komt.*

Hij strompelt met een schaar in zijn hand naar de gang en vindt een zwarte muts. Op goed geluk knipt hij er twee gaten in. Zijn zwarte jack neemt hij mee naar boven.

*O man, die enkel. Die herstelt nooit als ik geen rust neem.*

*Het zou veel beter zijn om ergens een goedbetaald baantje te vinden. Maar als je vijftien bent, verdien je echt een hongerloontje. Tien weken werken levert hetzelfde op als een illegaal klusje klaren van pakweg twee uur.*

Op zijn kamer valt hij uitgeput op zijn bed. Liggend trekt hij zijn spijkerbroek en zijn jack aan. De muts stopt hij in zijn jaszak.

Beneden hoort hij de scooter van zijn broer ronken.

Hij hinkt de trap af en loopt als een kreupel oud mannetje naar zijn moeder.

'Dag ma, tot straks. Wacht maar niet op ons. Ga je morgenvroeg nog mee?'

'Waar naartoe, jongen?'

'Laat maar. Rust lekker uit,' zegt hij en hij kijkt in haar wazige ogen.

*Die rotziekte.*

Hij zet zijn helm op en gaat bij zijn broer achterop zitten. De pijnscheut in zijn enkel is zo hevig dat zijn hoofd in een reflex tegen de rug van Scooter bonkt.

Vol gas scheuren ze de straat uit, op weg naar hun schuur.

*Als die er nog staat.*

'Geen vuiltje aan de lucht,' schreeuwt Scooter als hij het gebouw in de verte ziet.

*Nee, Henkie wacht zijn moment wel af.*

Tis hangt voor de tv.

Geen Kuba of Sproet.

'Waar zijn ze?' vraagt Scooter aan Tis.

'W-weet ik veel. We gaan over een k-k-kwartier. Om drie uur drinkt Wergter koffie met zijn nieuwe hulpje. Dan slaan we toe. Ik stel voor dat Kuba Wergter afleidt. Hij moet hem een tijd aan de praat houden door naar een tweedehands Honda te vragen. S-s-sproet en S-scooter nemen dat hulpje voor hun rekening en ik haal de geldkist. S-s-spin gaat op de uitkijk staan. Dan hoeft hij niet te lopen en is hij het snelst weg.'

Hij heeft het nog niet gezegd of Kuba en Sproet staan voor hun neus.

'Jullie zijn o-o-ook lekker op tijd,' begroet Tis hen.

'Kuba moest nog iets afmaken,' is het antwoord van Sproet.

Kuba haalt zijn schouders op en laat zich op de bank vallen.

'Het is dat we het geld nodig hebben voor actie Zwart, maar ik wil absoluut niet dat we gevaar lopen,' zegt Kuba. Volgens de planning gaan we vandaag ook nog de wethouder een vriendelijk telefoontje bezorgen. Hij heeft recht op tijd om zijn plannen te wijzigen. Spin, jij belt. De tekst ligt daar op de tafel en het nummer staat in deze gejatte mobiel. Je hoeft maar twee toetsen in te drukken. Dat kun je toch wel? Jouw stem is het meest neutraal en je hebt nog heel veel goed te maken.' Hij gooit de telefoon naar Spin.

Het lukt hem niet eens iets terug te zeggen op de bevelen van Kuba. Met de telefoon in zijn zweterige handen strompelt hij naar de tafel en hij leest in gedachten de tekst.

'Nou? We hebben geen uren de tijd,' roept Kuba dwingend.

Spin legt zijn wijsvinger op de groene toets en drukt hem in. Hij brengt het mobieltje naar zijn oor.

Doodse stilte.

'De Koning.'

Er komt geen geluid uit zijn keel.

'De Koning.'

Kuba port hem in zijn zij.

Spin neemt een hap lucht en zegt: 'Als uw gezin belangrijk voor u is, laat u het asielzoekerscentrum niet doorgaan. U kunt het plan nu nog afblazen. We weten precies waar uw zoon en uw dochter op welk tijdstip zijn. Het is voor ons een kleine moeite om ze onder handen te nemen. Wij zullen geen middel schuwen om ons dorp te beschermen tegen de buitenlanders.'

Weer voelt hij de vuist van Kuba is zijn zij.

'Zet uit,' bijt Kuba hem toe.

Spin buigt zijn hoofd en geeft het mobieltje terug aan Kuba.

'Heel goed, morgen zullen we nog eens een herinnering sturen. Kom op, jongens, we gaan een extra zakcentje scoren,' zegt Kuba.


## zondag 20 april, 14.45 uur

# Kuba

Wergters zaak ligt op tien minuten rijden van de keet. Dan moet je wel gemiddeld vijfenzeventig halen natuurlijk.

*Als het misgaat, is Tis de klos. Mij pakken ze niet voor alleen een praatje maken met de baas.*

Tis is slim en betrouwbaar. Een halfjaar geleden was hij door Sproet voorgesteld als de handige computerfreak die door een Turkse klasgenoot zo enorm was gepest dat hij geen voet meer over de drempel van zijn school durfde te zetten. Het is ook niet zo vreemd dat die klasgenoot juist Tis als pispaal had uitgekozen. Hij ziet er met zijn één meter vijftig uit als een tienjarige, en zijn eeuwige gestotter deed de zaak ook geen goed. Aan de eerste woorden die hij in de schuur had durven uitspreken, had hij zijn bijnaam te danken: 'T-t-t-tis gaaf hier.' Tis voelt zich veilig in de groep. Hij beschouwt Kuba als zijn grote broer en vertrouwt hem blindelings.

Halverwege het laatste pad naar het terrein van Wergter mindert Kuba vaart. Als de anderen naderen, gebaart hij ze te stoppen.

Tis weet waar ze de scooters zo strategisch mogelijk en onzichtbaar vanaf het terrein kunnen parkeren.

Ze draaien de scooters in de richting van het pad, zodat ze straks meteen de weg op kunnen, en halen hun bivakmutsen tevoorschijn.

Kuba's blik is bloedserieus. Iedereen weet wat hen te doen staat. Tis zal zoveel mogelijk overhoop gooien, zodat de politie zal denken dat de dader niet wist waar de geldkist stond. Spin gaat op de uitkijk staan. Hij zal de anderen waarschuwen zodra hij iets verdachts ziet.

Kuba knikt een keer zelfverzekerd en loopt dan rustig, zonder bivakmuts op, naar het houten gebouw. Er is niemand te zien op het terrein.

Nog voordat hij de stoep op stapt, gaat de deur open en kijkt de oude Wergter hem met een norse blik aan.

'Hallo, ik kom voor een tweedehandsje,' zegt hij tegen de

man. 'Ik ben op zoek naar een Honda. Hebt u er nog wat staan?'

Wergter knijpt zijn ogen samen en bekijkt hem nogal argwanend. 'Ja, toevallig heb ik twee prima exemplaren achter het gebouw staan,' zegt hij uiteindelijk.

'Dan loop ik wel even mee,' antwoordt Kuba en hij maakt al aanstalten om met de man naar achteren te lopen.

Wergter loopt onverwachts weer naar de deur van het gebouw en mompelt: 'Wacht even, ik zal Nico zeggen dat hij de telefoontjes afhandelt en ik moet de autosleutels halen.'

Wergter wenkt Kuba als hij weer buiten is.

Ze lopen achter elkaar aan naar het terrein dat naast het gebouw ligt. Na een tiental meters stopt de man plotseling en graait in zijn binnenzak.

*Wat doet die vent?*

Kuba houdt zijn adem in.

Wergter haalt een pakje sigaretten en een aansteker tevoorschijn. Op het moment dat hij een sigaret aansteekt, draait Kuba zich in een flits om. Hij ziet niemand.

'Hoeveel wil je besteden?' vraagt Wergter.

'Tweeduizend,' antwoordt Kuba zonder blikken of blozen.

'Dat is krap aan, jongen. In die categorie heb ik slechts één exemplaar, maar wel een goede.'

*Zullen ze al binnen zijn?*

Hij durft zich niet nog een keer om te draaien.

'Daar staat-ie, die zwarte. Zeven jaar oud, apk gekeurd en voorzien van nieuwe banden. Hij is van een oude dame geweest die er de boodschappen mee deed,' zegt Wergter.

'Hoeveel heeft hij gereden?' vraagt Kuba.

'Daarvoor moet ik even op de teller kijken, maar dat kan nooit veel zijn.'

Wergter opent het portier en gebaart hem om plaats te nemen op de bestuurdersstoel.

'Kan ik een proefritje maken?' vraagt hij aan de man.

'Dan vraag ik Nico er even bij. Ze hebben me iets te veel belazerd,' zegt Wergter en hij pakt zijn mobiel.

*Wat nu?*

'Wacht even. Ik wil graag eerst onder de motorkap kijken,' roept Kuba nerveus en hij stapt gehaast de auto uit.

Wergter kijkt hem met een nors gezicht aan.

'Ik heb geen uren de tijd en jij bent niet de enige klant. Ik rij hem wel even naar voren.'

Nog voordat Kuba zich heeft omgedraaid, draait de motor en gebaart Wergter hem op de stoel naast hem te gaan zitten.

*Ik moet tijd zien te rekken. Maar hoe?*

'Stap in, of wil je lopen?' vraagt Wergter en hij rijdt de auto al langzaam een stukje vooruit.

Met knikkende knieën gaat hij naast de man zitten.

*We zijn nat. Ik moet die vent nu keihard op zijn hoofd slaan. Maar waarmee?*

Ze zijn in twee tellen terug bij het gebouw. Tis, Sproet en Scooter zijn nergens te bekennen.

Wergter gooit zijn portier open.

'Ik geef er vijftienhonderd voor,' zegt Kuba plotseling.

De man reageert niet op zijn voorstel en loopt met de sleutels in zijn hand naar het gebouw.

Kuba aarzelt.

*Zal ik wegrennen? Het lukt hen echt wel zonder mij met die geldkist ertussenuit te knijpen.*

Dan komt er vanuit de schuur een schreeuw, gevolgd door een doffe klap.

Wergter staat stil en vloekt hartgrondig. Hij grijpt een stalen buis van de grond en loopt ermee naar het gebouw.

Kuba kijkt nerveus om zich heen. Hij draait zich om en rent richting Spin.

'Haal die muts van je hoofd. We moeten wegwezen, je gaat bij mij achterop,' roept Kuba en hij zoekt zenuwachtig naar zijn sleutels.

'Ze komen er al aan. Ik heb ze gebeld toen ik de auto hierheen zag rijden. Ze hebben het geld en nemen het pad achter het huis. Ze zijn over een paar seconden hier. We moeten wachten,' is de paniekerige reactie van Spin.

'Wacht jij maar als je wilt, sukkel. Grote kans dat de politie je oppakt,' snauwt Kuba.

Spin verzet geen stap.

Kuba start zijn scooter en rijdt het voertuig naast Spin.

'Wacht, daar komen ze,' hoort hij Spin roepen.

Als hij achterom kijkt, ziet hij drie gemaskerde figuren in de verte verschijnen. Ze rennen alsof hun leven ervan afhangt. Het is niet te zien of ze de geldkist bij zich hebben.

*Waar zijn Wergter en Nico? Wat hebben ze met die gasten gedaan?*

Het kleine lijf van Tis is nu duidelijk te herkennen. Hij loopt voorop, mét de kist, die hij even triomfantelijk omhooghoudt. Kuba steekt zijn hand uit en de kist wordt erin geduwd. Op het moment dat hij hun wil zeggen dat ze de mutsen af moeten zetten, klinkt er een schot.

In een flits draaien ze hun hoofd naar het gebouw, maar dat is door de bomen niet meer te zien.

'Het is maar een buks. Kom op, we gaan,' roept Kuba en hij scheurt weg.

*Goed zo, Wergter, nu kan de politie jou oppakken omdat je ons met een geweer hebt bedreigd. Dat zal je ervan weerhouden om aangifte te doen!*

Het is niet nodig een omweg te maken. Wergter is te oud en te sloom om hen te kunnen volgen.

*Hoeveel zit er in die kist? Stel dat die vent erachter komt wie ik ben?*

*Niks, helemaal niks. Ik ben weggegaan omdat hij opeens naar binnen liep. Met de rest heb ik helemaal niks te maken.*

*Wauw, dit is kicken.*

71

Bij de schuur zetten ze tien minuten later hun scooters voor het raam.

Kuba draait de deur van het slot, loopt naar binnen en zet de kist op de tafel.

De anderen gaan eromheen staan en wachten af.

Kuba graait met twee handen in de kist en zwaait even later met een aantal briefjes in de lucht.

'Dit lijkt me wel genoeg toch, Tis? We spekken eerst de kas van actie Zwart, daarna verdelen we de buit. Wat hebben jullie trouwens met dat ventje, die Nico, gedaan?' vraagt hij aan de anderen.

'O, d-d-die werkte niet echt mee, dus hebben we hem een h-h-h-handje, ik b-bedoel, k-knietje geholpen. Hij zal v-v-voorlopig geen s-s-strakke broeken meer kunnen dragen,' zegt Tis lachend.

## zondag 20 april, 19.30 uur

# Laura

Bloednerveus is ze sinds haar moeders telefonische mededeling. 'Sorry, we staan in de file en we zijn er waarschijnlijk pas na het bezoekuur.'

*Sukkels die ze zijn. Ze verpesten alles. Ik moet Tycho bellen. Nee, ze bekijken het maar. Ik wil dat hij komt. Stel dat hij weet dat ik zowat verlamd ben? Wedden dat hij me dan niet meer ziet staan?*

Ze had vanmiddag geprobeerd zelf naar het toilet te gaan, maar het voelde alsof ze door zwaar golvend water moest lopen en de bodem maar niet kon vinden. Huilend had ze zich weer op het bed laten vallen.

*En als die dokter het finaal mis heeft en ik nooit meer kan lopen?*

De spanning haalt alle energie uit haar lijf. Ze sluit haar ogen en dut even weg.

'Dag Laura.'

Ze schrikt op en draait haar hoofd.

Haar vader houdt de deur open voor haar moeder en Mirte. Gelukkig zijn de omhelzingen dit keer voorzichtiger.

Mirte heeft een geforceerd lachje op haar gezicht en zegt: 'Jij boft toch maar dat je lekker uit kunt rusten en helemaal niets hoeft te doen.'

*Nou ja, zeg. Wil je ruilen?*

'Hoe is het met mijn meisje?' vraagt haar vader.

*Ik zou nu moeten zeggen dat ik nooit meer kan lopen en dat ik me bloednerveus voel omdat Tycho straks voor hun neus zal staan.*

'Gaat wel,' antwoordt ze.

Haar vader schraapt zijn keel. 'We hebben van de zuster gehoord dat je nog even moet blijven, omdat je nog niet stevig genoeg op je benen staat,' zegt hij een beetje ongemakkelijk.

*Alsof het de normaalste zaak van de wereld is dat ik verlamd ben en waarschijnlijk de rest van mijn leven in een rolstoel moet slijten.*

'Ik heb daarom een paar schoolboeken voor je meegenomen,' vervolgt hij en hij legt ze op het voeteind. Misschien kun je er een keer doorheen bladeren. Je raakt anders zo achter en ik zou het heel erg sneu voor je vinden als je ook nog eens niet overgaat dit jaar. Ik heb Roos gevraagd of ze snel langs wil komen om je te helpen. Je krijgt de groeten van je klasgenoten en Roos belt je snel.'

Ze is sprakeloos. Het liefst zou ze de bladzijden één voor één uit het boek willen scheuren en ze opgepropt naar zijn hoofd willen gooien.

*Roos. Uitgerekend Roos, het altijd alles beter wetende vriendinnetje van de leraren. Echt niet. Al ze belt, neem ik niet op.*

Haar moeder doorbreekt de schrijnende stilte. 'Je krijgt de

groeten van oma en opa, van tante Ria, van Rozan en van alle meiden van de turnclub. Chrisje heeft al twee keer gebeld om te vragen hoe het met je is.'

'Fijn, ze ruikt haar kansen om te winnen nu ik er niet ben,' antwoordt Laura kortaf.

Vanuit haar ooghoeken ziet ze dat het al kwart voor negen is.

'Je fiets en je tas en jas waren behoorlijk beschadigd,' hoort ze haar vader zeggen.

*Ja, hoor, zeg het maar van die sigaretten, dan zijn we daar ook van af. Misschien is het ook een goed idee om mijn dagboek te lezen. Het ligt onder mijn kussen.*

Ze bereidt zich voor op een preek die haar tot het besef moet brengen dat ze met haar gezondheid speelt en dat ze haar ouders erg veel verdriet doet.

'Wat betreft de spullen die we in je jas hebben gevonden, ik...' vervolgt haar vader, maar hij maakt zijn zin niet af omdat hij ziet dat de deur langzaam opengaat.

Alle blikken zijn op de persoon gericht die met een verschrikt gezicht de ijzig stille kamer in kijkt.

'Hallo, ik... ik kom voor Laura, maar ik wacht wel even op de gang,' stottert hij en hij laat de bos rozen die hij in zijn rechterhand heeft onhandig naar beneden bungelen.

'Dat hoeft niet hoor. Kom maar binnen. Dit is Tycho, een klasgenoot,' hoort Laura zichzelf dapper zeggen.

Haar ouders en Mirte staren Tycho langdurig aan.

'Ja hoor, kom toch binnen,' zegt haar moeder uiteindelijk. 'Sorry, ik heb je denk ik niet eerder ontmoet, maar het is bijzonder lief van je dat je Laura komt opzoeken.'

Tycho zet voorzichtig een paar stappen in de kamer. Het is duidelijk dat hij nog veel pijn heeft.

'Heb je last van je voet?' vraagt haar moeder en ze maakt plaats voor hem naast het bed.

Tycho haalt zijn schouders op en schudt verlegen zijn hoofd.

'Zal ik de bloemen in een vaas zetten? Ze zijn prachtig. Rode rozen nog wel,' zegt haar moeder lachend.

Tycho overhandigt haar de bloemen en zijn donkere ogen zoeken angstig steun bij die van Laura.

Haar vader, die tegenover Tycho staat, kijkt hem onderzoekend aan. 'Dus jij zit bij Laura in de klas. Denk je dat ze veel van de leerstof gaat missen?' vraagt hij.

'Nee hoor, meneer,' antwoordt Tycho en hij kijkt al voor de tweede keer op zijn horloge.

'Ik haal even een vaas voor de prachtige bloemen, het is toch zonde als ze...' Verder komt haar moeder niet, omdat ze tegen de zuster aanloopt die tegelijkertijd met haar door de deuropening naar binnen probeert te gaan.

Er klinkt wat gemopper.

Tycho's blik verraadt dat hij hem enorm knijpt.

Het gezicht van de zuster klaart juist helemaal op als ze Tycho ontdekt. 'Hé, dat is leuk. Wat aardig dat je Laura komt opzoeken. Voelde je je schuldig dat jij al wel naar huis mocht?'

De stilte die volgt is zo beklemmend dat Laura's maaginhoud met een golvende beweging naar boven wordt gestuwd.

'Mag ik misschien weten wat hier allemaal gebeurt?' vraagt haar vader op een uiterst onvriendelijke manier.

De zuster kijkt hem verbaasd aan.

Tycho kijkt naar de grond. Mirte loopt naar haar moeder, die met de bos rozen nog steeds in de deuropening staat.

'Nou? U hoeft zich echt niet zo onnozel op te stellen,' roept haar vader.

De zuster gaat recht tegenover haar vader staan. 'Sorry, maar ik laat me niet afblaffen. Ik wil dat u nu allemaal even op de gang wacht. Ziet u niet dat Laura het Spaans benauwd krijgt?

U maakt haar alleen maar zieker op deze manier.' De ogen van de zuster zijn dwingend.

'Ze is niet ziek. Het zit gewoon in haar hoofd. Jullie behandelen haar als een baby, daar ben ik niet van gediend,' roept haar vader.

Tot Laura's verbazing duwt de zuster haar vader richting de deur. Met grote agressieve passen loopt hij de kamer uit. Haar moeder en Mirte volgen hem.

Tycho zet ook een paar stappen naar de deur.

'Nee, blijf nog even,' fluistert Laura.

Ze draait haar hoofd naar de zuster. 'Waarom zegt hij zoiets? Alsof ik me aanstel,' zegt ze met dichtgeknepen keel.

De zuster streelt haar even over haar hoofd. 'Ik zal met hem praten en het hem nog eens goed uitleggen.'

'Ze weten niet dat hij de jongen is van het ongeluk. En dat mogen ze ook niet weten. U moet me helpen. Alstublieft,' smeekt Laura.

De zuster fronst haar voorhoofd. 'Ik denk dat je vader er echt wel achter komt, als hij het niet nu al doorheeft. Je kunt van mij niet verwachten dat ik tegen hem lieg.'

'Nee, dat hoeft niet, maar mijn vader vermoordt hem als hij het te weten komt. U zag toch hoe agressief hij kan reageren? U hebt toch geheimhoudingsplicht over de patiënten?'

'Dat is waar. Goed, ik zal kijken wat ik kan doen, maar het lijkt me beter dat Erik nu gaat.

*Noemde ze hem nu Erik?*

'Ik zal hem naar de uitgang brengen,' antwoordt de zuster.

Tycho knikt.

*Zoals hij daar staat. Zo zielig.*

'Het spijt me. Ik bel je,' fluistert Laura.

maandag 21 april, 12.00

# Kuba

## Grootscheepse schoonmaak vanwege komst lid koninklijke familie

MIDDEN-PRUISEN – Komende week zal een speciaal team zorgdragen voor een grondige reiniging van Midden-Pruisen. Parken en tuinen worden opgeknapt en bouwvallige gebouwen in de buurt van het asielzoekerscentrum zullen binnen enkele dagen worden afgebroken. Wethouder De Koning wil dat zijn dorp een toonbeeld wordt van netheid, zeker nu door de AIVD is bevestigd dat een van de leden van het koninklijk huis bij de opening van het AZC, op 28 april aanstaande, aanwezig zal zijn.

Zijn mes doorboort de krant en er volgt een dof geluid als de punt in het tafelblad klieft.
'Ik maak je dood, De Koning.'
*Die vent is gestoord. Hij denkt toch niet dat ik iemand met één vinger aan onze schuur laat komen? En waarom zijn wij hierover niet ingelicht?*
Opgefokt gooit hij een bierfles kapot tegen de deur.
*Omdat die zwarten een prachtige pand, gelegen in een keurig schoongemaakt dorp, krijgen aangeboden, zou onze schuur gesloopt moeten worden? Dat dacht ik toch niet!*
*Het is tijd om ons echt te laten gelden.*
Hij graait zijn mobiel uit zijn zak.

Vanmiddag 1 uur in de schuur!
Iedereen! Tis weet hoe laat de zoon van De Koning uit is.
Zorg dat je op tijd bent.
Kuba


Hij verzendt het bericht naar de bovenste vier contactpersonen in zijn lijst.
Sproet en Scooter zijn altijd beschikbaar, maar Spin en Tis zitten op deze tijd natuurlijk op school. Scooter weet dat hij in zulke gevallen moet zorgen dat iedereen op de hoogte is.
Als Sproet maar niet dwars gaat liggen. Het is zenuwslopend niet te weten of hij me gisteren met Lena heeft gezien. Geen woord heeft hij erover gezegd, maar die blik van hem sprak boekdelen. Sukkel die ik ben. Alleen losers laten zich verleiden door vrouwen. Dat gaat niet meer gebeuren.
Dat zoontje van de wethouder moet echt de schrik van zijn leven krijgen. Geen half werk dit keer. We moeten hem pakken als hij van school naar huis fietst en uit het zicht van zijn klasgenoten is. Hem volgen en op het juiste moment toeslaan. Misschien moeten we hem een paar uur hier opsluiten en de wethouder berichten dat hij zijn zoontje terug kan krijgen als hij zijn plannen voor de komst van het centrum wijzigt. Waar zullen we die jongen opbergen? Het is te riskant om hem in onze schuur vast te houden. Misschien is het beter om hem in een van de stallen van boer Willem te gooien? Nee, dat is ook geen goed plan.
De fantastische gedachte die hem te binnen schiet, komt als geroepen.
Natuurlijk! Zo blijven wij mooi buiten schot.
Dan klinkt de sms-toon van zijn mobiel.


10 voor 3. Hij is op de fiets.
Woont in de kasteellaan.
Ik ben op tijd.
Tis

*Mooi zo. Op de fiets, dat maakt het een stuk gemakkelijker.*

Als hij terugloopt, komen Scooter en Spin al aangereden.

Hij loopt hen tegemoet. 'Mooi op tijd. Op de tafel ligt het bewijs dat we niet langer kunnen wachten,' zegt hij.

Scooter loopt naar binnen en Spin strompelt erachteraan.

Het gevloek van Scooter over het krantenartikel doet Kuba goed.

*Ze moeten net zo gemotiveerd zijn als ik.*

'Dit is nog maar het begin, jongens. Nu is het onze schuur, maar die zwarten zullen steeds meer ruimte in gaan nemen. Het is tijd voor actie. Tis komt er ook aan. We gaan het zoontje van de wethouder op weg van school naar huis verrassen. Hij zal rond drie uur vertrekken in de richting van de Kasteellaan,' zegt Kuba.

'Wat ben je met hem van plan? En komt Sproet niet?' vraagt Scooter.

'Sproet heeft me nog niets laten weten. We gaan ervoor zorgen dat De Koning goed gaat nadenken. Daarvoor moeten we zijn zoontje even lenen.'

*Spin ziet eruit alsof hij het elk moment in zijn broek kan doen.*

'Wat is er, Spin? Als je er problemen mee hebt, moet je het nu zeggen,' zegt Kuba uitdagend.

'Mijn broertje doet mee. Ik heb hem niet voor niets vanmorgen van school gehaald. Geen discussie,' antwoordt Scooter.

Kuba legt zijn hand op de schouder van Spin. 'Dan verwacht ik volledige medewerking van je maat. Geen gezeik.'

Spin knikt en rukt zich los.

Buiten brengt Tis zijn scooter tot stilstand. Als hij binnenkomt, mompelt hij van alles en nog wat. Er is geen touw aan vast te knopen.

'Tis, doe eens rustig. Verloopt alles volgens plan?'

'T-t-tis in orde. P-p-pieter-Jan zal over honderdacht minuten de school verlaten en via de B-beethovenlaan en de M-

79

m-mendelssohnlaan het plein oversteken en de Kasteellaan in gaan. Hij zal daar om tien over drie arriveren.'

'Goed, waar is het het minst druk?'

'In de K-k-kasteellaan,' zegt Tis.

Kuba kijkt hen één voor één aan. 'Dan gaan we daar staan. Tis en Spin, jullie volgen hem ongezien vanuit school en melden iedere bijzonderheid. Scooter en ik zullen hem in de Kasteellaan opvangen. Praat nooit in het bijzijn van je slachtoffer. De rest regel ik.'

Hij haalt een koevoet, tape en twee bussen zwarte verf uit de kist en graait een stift en papier van de tafel. Alles verdwijnt in zijn rugtas.

*De Koning zal ons dit keer serieus moeten nemen.*

## maandag 21 april, 14.45 uur

# Spin

Tis had Spin achter op zijn scooter meegenomen naar de fietsenstalling van de school, waar ze nu al meer dan tien minuten wachten op het zoontje van de wethouder.

In die eindeloos durende minuten heeft hij zich wel honderd keer afgevraagd waarom hij er niet mee stopt. Het is al de vijfde keer deze maand dat hij spijbelt. Een schorsing is onvermijdelijk.

*En wat dan? Scooter neemt me totaal niet serieus. School is voor hem net zoiets als werken: zonde van je tijd en het levert nauwelijks iets op.*

Twee jaar geleden was Scooter vanwege veelvuldig verzuim van school getrapt. Sindsdien had hij verschillende baantjes gehad, maar steeds maar voor een paar weken, omdat hij het crimineel vond dat ze hem zo hard lieten werken voor een hongerloontje. Sinds anderhalf jaar verdient hij zijn geld met allerlei illegale klussen en is de schuur zijn tweede thuis.

Nog drie minuten.

De brullende baby van zijn mobiel meldt zich.

'N-n-neem op. H-h-het is Kuba waarschijnlijk,' fluistert Tis.

Laura's naam verschijnt.

Tis staat tegenover hem en kan niet op zijn scherm kijken.

'N-n-neem op,' zegt hij nerveus.

Spins vinger trilt als hij het groene knopje indrukt.

'Hallo.'

'Hoi, met Laura. Hoe is het met je?'

'Goed, en met jou?'

'Ik moet voorlopig nog hier blijven, omdat ik niet goed op mijn benen kan staan.'

'Shit, dat is balen.'

Tis kijkt hem vragend aan.

'Ja, en mijn ouders zeuren ook nog eens aan mijn hoofd, maar de zuster heeft gelukkig niet gezegd wie je bent. Daar hebben ze ook niets mee te maken, toch?'

'Nee.'

'Vind je het leuk om vandaag op bezoek te komen? Mijn ouders komen niet, omdat ze met mijn zus naar een open dag van een opleiding in Amsterdam gaan. Ik heb Roos, een klasgenoot, gezegd dat ze niet kan komen en... ik mis je.'

Tis trekt aan zijn mouw en wijst gestrest op zijn horloge.

'Ik jou ook. Ik kom, eh, ik moet ophangen.'

'Oké, als je komt wil je dan sigare...'

'D-d-daar komt hij. A-actie,' roept Tis zenuwachtig.

Spin druk op de uitknop.

*Wat zal ze wel niet van me denken? Ik moet het haar vandaag nog alle-maal uitleggen.*

Op een meter of dertig afstand komt een grote groep jongeren hun richting uit.

Tis zet een zonnebril op en start de scooter. 'Die met dat g-g-groene jack. 'Ga zitten. We w-wachten totdat hij ons voorbij is.'

De jongen met het groene jack loopt snel en verdwijnt even later in de fietsenstalling.

'Wie h-h-had je aan de lijn?' vraagt Tis.

'Mijn moeder,' antwoordt Spin.

Tis draait zich om. 'M-m-maak dat iemand anders wijs. Het was dat meisje, hè?'

Pieter-Jan loopt met zijn fiets aan de hand naar de weg en stapt op.

'Bel Kuba,' beveelt Tis en hij rijdt langzaam het schoolplein af.

Kuba neemt meteen op en antwoordt niet eens als Spin meldt dat het zoontje de Beethovenlaan is in gegaan.

Tis rijdt op een flinke afstand van de jongen.

Plotseling komt er een meisje naast Pieter-Jan rijden. Ze praten druk met elkaar.

*Stel dat ze tot aan de Kasteellaan bij hem blijft fietsen?*

Tis slaat met zijn vuist op het stuur en rijdt de stoep op.

Het meisje legt haar hand op de arm van Pieter-Jan.

*Dit gaat helemaal fout.*

Ze slaan samen de Mendelssohnlaan in.

'Bellen!' roept Tis.

Na de melding van de stand van zaken is er alleen maar een 'ja' te horen aan de andere kant van de lijn.

De Mendelssohnlaan is lang. Halverwege mindert Tis vaart en draait zich om.

'Het is Nina. Ze woont ook in de Ka-Kasteellaan, een stuk verder zelfs. Ik r-r-rij ze voorbij. Jij stapt af en loopt n-n-naar dat meisje. Zeg haar dat je hebt gezien dat er een s-s-stuk terug iets uit haar tas is gevallen.'

'En als die jongen op haar wacht of met haar meegaat?' vraagt Spin.

82

Tis antwoordt niet en geeft gas.

Tijd om langer na te denken is er niet. Ze passeren de twee en na een meter of twintig mindert Tis vaart en duwt Spin van de scooter.

'Nu,' roept Tis en hij rijdt een zijstraat aan de rechterkant in. Pieter-Jan en het meisje naderen snel.

*Ik kan dit niet. Ze gelooft me nooit.*

Hij denkt aan de woorden van Kuba. 'Nooit praten in het bijzijn van het slachtoffer.'

Spin zet een paar stappen richting fietspad. Hij heft zijn rechterhand op.

Het meisje kijkt hem vragend aan. Ze rijdt wat langzamer, maar stopt niet. Pieter-Jan is al verder gereden.

*De tas van het meisje zit hartstikke dicht.*

'Eh, ik zit bij jou op school. Er zijn kluisjes opengebroken, en volgens mij is die van jou ook leeggehaald. Ik weet dat die in dezelfde rij zit als de mijne.'

Het meisje zet haar voeten op de grond. Pieter-Jan is ook gestopt en staat een paar meter verderop.

Ze kijkt hem ongelovig aan. 'Wat? Wie heeft dat gedaan? O nee, mijn iPod ligt erin,' roept ze.

'Dat weet ik niet, maar volgens mij hebben ze de dief op heterdaad betrapt. Ze noemden ook jouw naam. Nina heet je toch?'

'Wat is er met je iPod?' roept Pieter-Jan, terwijl hij zijn fiets keert.

Het meisje kijkt Spin nog steeds verbaasd aan.

'En waarom sta jij hier?' vraagt ze.

'Ik zag je aankomen. Ik wilde je alleen maar waarschuwen.'

Pieter-Jan is ondertussen bij hen komen staan.

Spin hoort haar het verhaal aan hem vertellen, maar ontwijkt hun blikken.

'Oké. Ik ga wel even terug. Waar zei je dat ze die spullen gelaten hebben?' vraagt ze.

'In de lerarenkamer,' zegt Spin. Hij voelt zich enorm opge-
fokt.
'Ik ga wel even met je mee,' hoort hij Pieter-Jan zeggen.
*Wat nu? Ik moet Kuba waarschuwen. Waar is Tis?*
Het meisje maakt aanstalten om haar fiets te draaien en zegt:
'Nee, ga jij nu maar, anders mis je je muziekles. Ik bel je van-
avond wel.'
Pieter-Jan twijfelt.
Het meisje stapt op en fietst terug naar school.
Tot grote opluchting van Spin fietst Pieter-Jan verder richting
de Kasteellaan.
Spins hart gaat enorm tekeer. Even later wordt hij bijna door
Tis van de sokken gereden.
'Stap op. Ik heb Kuba al gebeld.'
Even later hebben ze Pieter-Jan weer in het vizier.
*Dit slaat helemaal nergens op. Alsof die wethouder zich laat chanteren
door een groepje jongens. Wat wil Kuba met dat zoontje doen? En stel
dat het uitlekt dat ik ermee te maken heb? Ik ben hier absoluut niet ge-
schikt voor.*
In de Kasteellaan is het rustig. Aan weerszijden van de straat
staan auto's geparkeerd.
Scooter en Kuba zijn nergens te zien.
Pieter-Jan heeft er flink de vaart in. Dan ineens springt Scooter uit het niets de weg op en sleurt hem met geweld van de
fiets. Kuba trekt nog dezelfde seconde een bivakmuts over Pie-
ter-Jans hoofd en duwt daar weer een integraalhelm overheen.
Ze sleuren de spartelende jongen naar de scooter. De benen
van Pieter-Jan maken schoppende bewegingen, maar hij heeft
geen schijn van kans. Scooter trekt de fiets naar de kant van de
weg en kijkt zenuwachtig om zich heen.
Een paar seconden later zit Pieter-Jan tussen Scooter en Kuba
in en scheuren ze de straat uit.

# maandag 21 april, 15.00 uur

## Laura

'De reflexen zijn in orde. Ik kan op dit moment geen oorzaak vinden voor de problemen met je benen,' is de conclusie van de neuroloog, die de afgelopen tien minuten haar onderlijf heeft onderzocht.

'Wat? Maar waarom kan ik dan niet lopen?' vraagt ze geïrriteerd.

De dokter kijkt haar met een ernstige blik aan. 'Laura, maak je je erg druk?'

'Dat valt wel mee. Ik vind het wel eng dat ik niet op mijn benen kan staan,' zegt ze en ze voelt dat haar wang een beetje trilt.

'Ik doel eigenlijk op je privéleven. Zijn er misschien thuis of op school problemen of heb je misschien het idee dat je op je tenen moet lopen?'

De vraag overvalt haar.

*Wat heeft dat met mijn benen te maken?*

Ze slikt een keer en kijkt in de vragende ogen van de arts.

Als ze alleen maar haar schouders ophaalt, legt hij een hand op haar arm. 'Je hoeft het me niet nu te vertellen, maar ik zou het wel heel erg fijn vinden als je eens goed over mijn vraag nadenkt,' zegt hij.

'Bedoelt u dat ik eigenlijk best kan lopen?' vraagt ze.

'Op dit moment heb je geen controle over je spieren. Je zou het kunnen vergelijken met een telefoonlijn die overbezet is, waardoor je geen contact kunt maken. Het zou kunnen zijn dat jouw hoofd overbezet is en dat je niet de juiste aansluiting weet te vinden om je benen te besturen. Dat doe je niet bewust.'

'Maar als er wel echt iets mis is met mijn benen?'

'We maken ook zo snel mogelijk een scan, dan kunnen we dat definitief uitsluiten. Laura, dit komt vaker voor. Het is niet iets waarvoor je je hoeft te schamen of waar je je ongerust over moet maken. Vind je het goed dat er een psycholoog met je komt praten? Zij weet op dit gebied veel meer dan ik.'

*Wat zal papa hiervan vinden? Als hij hoort dat het dus echt tussen mijn oren zit.*

In gedachten ziet ze zijn afkeurende gezicht voor zich.

'Wat denk je?' vraagt de arts.

'Dat mijn vader me een aanstelster zal vinden.'

'Ben je daar echt bang voor? Ik zal hem uitleggen dat het absoluut niets te maken heeft met je aanstellen. En wat betreft de psycholoog: het is wel eens fijn om je hart te luchten. Je kunt het proberen.'

'Oké, maar ik weet niet of ik het kan.'

'Daar ben ik niet bang voor.'

Hij knijpt even in haar hand en knipoogt een keer. 'Je ziet me snel terug en maak je niet te druk,' zegt hij vriendelijk en hij loopt naar de deur.

Ze glimlacht en blijft naar de deur staren als hij deze achter zich heeft dichtgedaan.

*Wat nu?*

Ze probeert haar benen op te tillen, maar ze blijven als zandzakken op het matras liggen. In paniek knijpt ze op verschillende plaatsen in haar vel. Dat voelt ze gelukkig wel.

Ieder uur, nee iedere minuut ziet ze het gezicht van Tycho voor zich.

*Waarom verbrak hij de verbinding? Het kan niet zo zijn dat hij nu al niets meer van me wil weten. Er was iets vreemds. Waar was hij en met wie? Er werd iets geroepen. 'Actie', ja dat was het. Waar is hij mee bezig? Het is die Kuba, die zogenaamde vriend.*

Een enorm eenzaam gevoel overvalt haar. Voor het eerst sinds het ongeluk stromen de tranen over haar wangen.

*Papa en mama vinden het belangrijker om met Mirte mee te gaan dan bij mij op bezoek te komen. Mirte heeft altijd meer aandacht gekregen. Waarom eigenlijk? Omdat ze instort als ze haar niet steunen? Omdat ze slimmer is? Omdat ze zoveel op papa lijkt? Omdat ze als klein meisje hersenvliesontsteking heeft gehad?*

*Wat kan het mij ook schelen. Ze doen maar. Ik heb ze niet nodig. Nog een paar jaar, dan ga ik op kamers.*

De tranen blijven maar stromen. Het berichttoontje van haar mobiel haalt haar uit de wirwar van negatieve gedachten.

*Ja hoor, die zogenaamde bezorgde ouders willen natuurlijk weten hoe het met me gaat.*

Ze pakt haar mobiel en drukt op het envelopje.

*Sorry Laura*
*Ik kom vandaag nog.*
*Ik weet nog niet hoe laat.*
*xxx Tycho*

Wat de woorden in haar hersenkamer veroorzaken, is haar een raadsel, maar ze weet wel dat haar tranen van het ene op het andere moment plaatsmaken voor een licht zwevend gevoel.

*Ik moet iets anders aantrekken. Me opmaken, een geurtje op doen. Waar is mijn toilettas? Ik wil uit bed.*

Met beide handen tilt ze haar rechterbeen op en duwt ze het zware lichaamsdeel over de rand. Dan haar linkerbeen. Ze kijkt naar de hangende worsten. Haar billen schuiven naar de rand. Beide voeten raken de grond.

*Gewoon gaan staan en gewoon de ene voet voor de andere zetten. Niks aan de hand. Het zit allemaal in mijn hoofd.*

Ze duwt zich overeind. Haar knieën trillen en voor ze het weet zakt ze op de grond.

maandag 21 april, 15.15 uur

# Kuba

Ondanks het feit dat Scooter Pieter-Jan in de houdgreep heeft, voelt Kuba het hevig protesterende lijf achter hem steeds tegen zijn rug bonken.

Met gierende banden rijdt hij de Kasteellaan uit. Hij hoort dat Tis en Spin volgen.

*Zo, meneer De Koning, wat hebt u over voor uw zoontje? Wilt u hem heelhuids terug of zullen we hem een klein beetje verbouwen? Ander kleurtje misschien?*

'Laat me los, klootzakken,' roept Pieter-Jan, totaal hysterisch.

*Helaas vriend, schreeuw maar lekker. Ze zullen je echt niet horen. Ik ben de baas en niet je idiote papa.*

Het machtsgevoel laait weer op.

*Rustig blijven. Nadenken. Geen fouten maken. Het gaat goed. Hij heeft ons geen moment gezien.*

Na tien minuten met ingehouden snelheid te hebben gereden, is het tijd voor full speed.

Pieter-Jan roept nog steeds en af en toe doet hij een poging zich los te rukken.

*De stakker.*

*Ja, daar in de verte moeten we zijn. Onze vrienden zijn er niet op maandagmiddag. Normaal gesproken niet in ieder geval.*

Tis rijdt nu naast hem en wijst.

Kuba knikt.

*Klopt vriend, de braskeet komt ons dit keer goed van pas.*

Ze minderen vaart en slaan rechts af de zandweg in die naar de braskeet leidt. Het bijgebouwtje is zwartgeblakerd.

*Totaal verlaten zo te zien. Dat is mooi.*

Een paar meter voor de keet staat hij stil en hoort dat Tis ook zijn motor uitzet.

Scooter sleurt Pieter-Jan mee. Hij trekt daarbij de armen van de jongen lomp naar achter.

Kuba trekt handschoenen aan en haalt de koevoet uit zijn rugtas.

Bij de deur aangekomen beweegt hij de klink naar beneden.

*Op slot. Koevoet dus.*

Hij zet het gereedschap tussen het kozijn en de deur en slaat er vakkundig tegenaan.

De deur schiet open.

Scooter duwt Pieter-Jan naar binnen. Ook hier hangt nog steeds een brandlucht.

Kuba haalt de tape uit zijn rugtas en in een vloeiende beweging draait hij de rol om de handen van het steeds stiller wordende zoontje.

Dan knikt hij naar een stoel die in de hoek staat. Scooter duwt de jongen erop en Kuba tapet de benen van het trillende lijf van Pieter-Jan vast aan de poten.

Tis staat in de deuropening.

*Waar is Spin?*

Hij gebaart naar Scooter dat hij de helm en de muts van Pieter-Jan af moet trekken.

*Nu moet ik heel snel zijn.*

Scooter en Kuba gaan achter de jongen staan. Tis staat ook uit het zicht.

Scooter trekt in één beweging de muts en de helm van het hoofd van Pieter-Jan en Kuba draait de rol witte tape rond het schuddende hoofd. Ter hoogte van zijn mond laat hij een luchtgaatje open.

Dan haalt Kuba een bus verf uit zijn tas. Hij gaat weer tegenover de jongen staan en spuit de zwarte verf op de mummie die voor hem zit. In korte tijd zijn de tape en de haren van het joch pikzwart.

Daarna pakt hij het witte karton uit de tas en spuit er met een snelle beweging letters op.

## GEEN ZWART IN ONS DORP

Het karton maakt hij met tape op de buik van Pieter-Jan vast. Die geeft geen kik meer.

*Wel zo slim van hem.*

Scooter steekt zijn duim omhoog en knikt naar de deur.

*Klopt, wegwezen hier, geen sporen achterlaten.*

Pieter-Jan krijgt nog een schouderklopje en met zijn drieën verlaten ze de keet. De deur wordt weer op slot gedraaid.

*Waar is Spin? Is het hem nu nog niet duidelijk dat hij zich aan de afspraken moet houden?*

'Bel dat sullige broertje van je,' commandeert hij Scooter.

Die volgt zijn bevel op, maar Spin neemt niet op.

*Stel dat hij gaat praten? Ik vertrouw hem niet. Waar kan ik dat ventje mee chanteren? Zijn moeder, ja, daar is hij wel gevoelig voor.*

Als hij de weg op rijdt, is er geen spoor van Spin te bekennen.

*Hij kan niet ver zijn. Hij houdt zich vast ergens schuil in de bosjes.*

Hij draait zich om en schreeuwt naar Scooter: 'We moeten terug naar de schuur. Als de politie komt, moeten we aan kunnen tonen dat we de hele middag daar waren. We kunnen elkaar een alibi verschaffen.

*Het wordt tijd dat ik Spin eens flink aanpak.*

Scooter vloekt. Zijn broer neemt nog steeds niet op.

Ze nemen een andere weg terug. Constant op zoek naar Spin. Niets. Geen enkel teken.

Hij scheurt het laatste stuk naar de schuur.

*Rustig. Ik heb alles onder controle. Ook Spin.*

maandag 21 april, 16.15 uur

# Spin

Weer verschijnt de naam van zijn broer op het scherm van zijn mobiel.

*Laat me toch met rust. Het klopt: ik ben een loser, een watje.*

Nadat de drie anderen de braskeet binnen waren gegaan, was hij het pad weer af gestrompeld. Hij had zich een stuk verderop schuilgehouden in een greppel. De anderen had hij een paar minuten geleden voorbij zien komen.

*Wat hebben ze met die jongen gedaan? Ik moet gaan kijken. Maar stel dat hij me herkent of die lui van de braskeet binnenkomen?*

Weer gaat zijn mobiel. Hij neemt niet op.

Hij is als de dood dat ze terugkomen.

*Misschien moet ik Scooter een berichtje sturen?*

Hij hinkt naar de weg. Er is niemand te zien.

In zijn mobiel staat het nummer van een taxibedrijf. Hij spreekt met de centrale af dat ze hem over vijf minuten oppikken bij het benzinestation een kilometer verderop.

Hij probeert zo snel mogelijk naar de pomp te lopen. Na een paar meter moet hij noodgedwongen stilstaan, omdat de steken in zijn enkel niet te harden zijn en zijn hoofd ieder moment uit elkaar dreigt te spatten.

*Wat gaat Kuba met me doen? Hij is vast ontzettend kwaad. Ik had de tweehonderd euro van Wergter niet aan moeten nemen, maar dan had ik nu geen taxi kunnen bestellen. Ik betaal het terug.*

Weer strompelt hij enkele meters verder. Het zweet breekt hem van alle kanten uit.

*Stel dat Kuba het botviert op Scooter?*

Hij hinkt een stuk, loopt, strompelt, en het lukt hem de benzinepomp te bereiken.

Er staat een taxi. De chauffeur stapt uit als Spin zijn hand omhoogsteekt.

'Heb jij een taxi gebeld?' vraagt de man en hij kijkt hem nogal argwanend aan.

Hij knikt.

'En, waar wil je naartoe? Je hebt toch wel geld bij je?'

'Ja, ik moet naar het ziekenhuis,' antwoordt Spin.

'Stap maar in.'

De meter wordt ingedrukt en de auto rijdt de straat op.

'Heb je een ongeluk gehad?' vraagt de chauffeur en hij knikt naar Spins voet.

'Ja, ik moet naar de eerste hulp,' antwoordt hij kortaf en hij kijkt uit het zijraam.

De man houdt gelukkig verder zijn mond en rijdt naar het ziekenhuis, dat iets buiten het dorp ligt. Het is kwart over vijf.

Weer gaat zijn mobiel. Het is zijn moeder.

*Waarom belt zij nu? Gaat het niet goed met haar?*

Hij neemt op. 'Hallo mama, wat is er?'

'Tycho, je moet naar huis komen.'

'Waarom?'

'Kom nu maar, jongen.'

'Is Scooter thuis?'

Het blijft stil.

'Waar ben je, Tycho?'

*Scooter zit hier achter.*

'Ik ben op weg naar huis. Wat is er dan?'

'Eh... kom nu maar. Dag.'

Hij verbreekt de verbinding.

*Ze wachten me op. Scooter heeft haar natuurlijk gedwongen mij te bellen.*

De taxichauffeur kijkt hem vragend aan.

*Wat? Ga jij je er nu ook nog mee bemoeien?*

De auto stopt op het parkeerterrein van het ziekenhuis.

Spin rekent af en loopt naar de hoofdingang.

Het is geen bezoekuur, maar in een ziekenhuis kan iedereen ongezien binnenkomen en naar de plek lopen waar hij wil zijn.

*Balen, ik ben de sigaretten vergeten, maar wat heeft ze eraan als ze toch niet uit haar bed kan?*

De deur van Laura's kamer is dicht.

*Stel dat haar ouders er toch zijn? Haar vader slaat me de hersens in.*

Voordat hij de klink naar beneden beweegt, schiet weer het beeld van Pieter-Jan door zijn hoofd.

*Hij zal nu toch wel gevonden zijn? Maar door wie? Ik kan anoniem de politie bellen.*

Hij loopt een stukje terug, blokkeert de nummerherkenning en toetst 112 in.

'Alarmcentrale, met wie spreek ik?'

Hij twijfelt.

'Met... met Van Buren.'

'In welke plaats bent u?'

'Rimkensveer.'

'Wat voor hulp wilt u?'

'Er zit een jongen opgesloten in de schuur bij autosloperij Van Leest. Hij heeft dringend hulp nodig.'

Hij verbreekt de verbinding.

Zijn hele lijf trilt. Hij wacht minstens een minuut voordat hij op de deur klopt. Geen reactie.

Langzaam opent hij de deur.

Ze draait haar hoofd naar hem en lacht.

'Hoi, ik kom wel op een rare tijd, maar het ging echt niet anders. Mag ik binnenkomen?'

'Natuurlijk. Ik vind het hartstikke leuk dat je bent gekomen.'

'En je ouders?'

'Nee joh, die komen echt niet.'

Hij loopt naar haar bed. 'Hoe is het met je?'

Ze probeert weer te lachen, maar haar lippen trillen en haar ogen worden nat.

Zijn keel wordt dichtgeknepen.

*Ik sta hier maar als een houten klaas.*

Geen enkel woord komt er over zijn lippen.

'Ik kan niet meer lopen,' zegt ze snikkend.

Hij kijkt naar haar tranen, zou ze zo graag van haar wangen willen vegen, maar hij durft niet.

'Maar wat is er dan met je benen?' vraagt hij.

'Ik zak er gewoon doorheen. De arts zegt dat het in mijn hoofd zit. Mijn vader denkt dat ik me aanstel.'

'Natuurlijk niet. Als ik me normaal had gedra...'

'Het komt niet door jou, hoor,' onderbreekt ze hem.

'Wel waar. Ik verpest het voor iedereen. Mijn leven is zo'n puinhoop. Ik zou hier moeten liggen, dan kunnen ze me ook niets maken.'

'Wie dan? Wat willen ze van je?'

Hij schudt zijn hoofd.

'Kom op, Tycho, je kunt het mij toch wel vertellen?'

'Ik ben zo stom geweest om mee te doen met een aantal echt foute acties.'

'Wat dan?'

Haar ogen zijn zo lief.

'Te veel om op te noemen, maar het heeft allemaal te maken met de komst van het asielzoekerscentrum. Kuba draait helemaal door, hij heeft een enorme haat tegen buitenlanders. Het voelt zo verkeerd om mee te werken aan zijn racistische acties, maar ik kan er niet meer mee stoppen. Hij maakt me af als ik niet doe wat hij zegt. Ik beteken niets voor hem.'

Ze pakt zijn hand en drukt haar lippen erop. 'Voor mij wel.'

## maandag 21 april, 17.00 uur

## Kuba

'Waar zit dat broertje van je? Als hij over een uur niet hier is, pak ik hem eigenhandig aan,' snauwt hij naar Scooter.

'Mijn moeder heeft hem zojuist aan de lijn gehad. Hij is onderweg naar huis. Waarschijnlijk heeft hij te veel last van zijn voet gekregen en wil hij ons daar niet mee lastigvallen. Maak je niet druk om hem. Spin is geen verrader.'

*Daar begin ik toch wel steeds meer aan te twijfelen.*

Net als Kuba een trap tegen de deur wil geven, komt Sproet binnen.

Kuba gaat wijdbeens voor hem staan. 'En waar was jij? Je moet wel een heel goede reden hebben waarom jij vanmiddag niet hier was.'

'Die heb ik dus. De politie was vanmiddag bij mij thuis. Daarna zijn ze hier naartoe gegaan. Ik wist dat jullie al weg waren. Henkie heeft onze namen doorgegeven.'

'Shit, wat weten ze? Wat heb je gezegd?' tiert Kuba.

'Ik heb niets gezegd.'

'Wat wilden ze weten?'

'Of we zaterdagmiddag op de kermis waren en waar we daarna naartoe zijn gegaan.'

'En?'

'Ik heb wel verteld dat we op de kermis waren, maar natuurlijk niet toegegeven dat iemand van ons de buks op Henkie heeft gericht. Ik heb volgehouden dat ik niets heb gezien. Gelukkig heeft mijn moeder, die ook thuis was, bevestigd dat we daarna de hele middag bij haar in het café hebben gezeten. Dus als we

95

dat gewoon volhouden, kunnen ze ons de brand niet in de schoenen schuiven.'

Het blijft even stil.

*Zou Lena dit voor mij doen? Nee, natuurlijk niet.*

Hij kijkt de anderen aan en zegt: 'Waarschijnlijk zijn ze dus ook bij mij en bij jullie thuis geweest. Mijn ouders weten nooit waar ik uithang, de moeder van Scooter en Spin waarschijnlijk ook niet. Tis, waren jouw ouders vanmiddag thuis?'

'Nee, z-z-ze werken allebei.'

'Mooi zo. De politie heeft dus niets over vandaag gevraagd. Dan moeten we nu een alibi verzinnen voor vanmiddag. Ik ben er zeker van dat die Pieter-Jan onze gezichten niet heeft gezien.'

'W-w-we w-w-waren gewoon een s-s-stukje rijden en hebben ergens gev-v-vist of zo,' roept Tis opgefokt.

'Ja hoor, waar dan en waar zijn onze hengels gebleven?' vraagt Scooter.

'Luister, we hebben vanaf één uur in het winkelcentrum rondgehangen. Op de hoek bij de fietsenstalling op het eerste bankje. We zijn in geen enkele winkel geweest. We hebben wel met twee meiden gepraat, maar weten niet wie dat waren. Ze waren blond en hadden spijkerbroeken en iets van een wit shirt aan. Bier hadden we bij ons. Om halfzes zijn we weer naar de schuur gegaan. Geen woord anders. Hou je kop erbij,' zegt Kuba bloedserieus.

'Heb je die verfbus weggegooid?' hoort hij Scooter vragen.

'Natuurlijk, ik ben niet gek. Ik weet precies wat ik doe en wat ik nog ga doen.'

Sproet staat op, gaat tegenover Kuba staan, schraapt zijn keel en zegt: 'Kuba, wat wil je nu eigenlijk? Als we zo doorgaan, draaien we dik voordat het asielzoekerscentrum er komt allemaal de bak in. Als mijn moeder ons niet had gered, waren we nu al zwaar nat geweest.'

Nu draaien alle gezichten in zijn richting.

Zijn rechtervuist belandt op de tafel en hij schopt de stoel die tegenover hem staat een paar meter verder.

'Wat krijgen we nu? Dat centrum komt er niet, never! Gaan jullie nu terugkrabbelen omdat een politieagent wat vragen heeft gesteld? Stelletje sukkels. Jullie hebben allemaal gezworen voor honderd procent mee te werken om die zwarten uit ons dorp te weren.'

'Dat zoontje kan er niet veel aan doen,' antwoordt Sproet.

'Maar zijn vader wel. Ik hoop dat hij mijn sms'je heeft gelezen.' Sproet staat op en loopt naar de koelkast.

'Oké, ik wil nu van jullie horen of jullie meedoen,' zegt Kuba luid en duidelijk. Kunnen jullie tegen de spanning? Zijn jullie bereid echt te knokken voor onze rechten en dus voor onze toekomst? Zo niet, dan kun je nu opzouten, maar dan hoef je van mij geen enkele steun meer te verwachten.'

Scooter staat op, geeft hem een high five en zegt: 'Ik doe mee.' Tis steekt zijn duim in de lucht. 'Ik ook.'

Sproet staat nog steeds bij de koelkast. Hij draait zich langzaam om. 'Heb jij jezelf nog wel onder controle? Ik heb zo mijn redenen om dat te betwijfelen.'

Kuba maakt een afkeurend sissend geluid.

*Als hij nu over Lena begint, sla ik hem op zijn smoel en zal ik hem er nog even haarfijn aan herinneren dat hij degene is die zo ranzig is om kleine meisjes te trakteren op een bloot mannenlichaam, nou ja... mánnenlichaam.*

Sproet gaat door: 'Ik denk dat je meer van plan bent met dat centrum dan je ons vertelt. Jij denkt alles alleen te kunnen beslissen, maar wanneer hebben we dat afgesproken? Ik wil precies weten wat we gaan doen. Als je geen goed plan hebt, kap ik ermee. En geen onschuldige slachtoffers meer.'

'Onschuldige slachtoffers. Hoor wie het zegt!' roept Kuba spottend.

'Zeik niet, ik ga mijn leven niet op het spel zetten.'
'Heb ik gezegd dat je dat moet doen? We gaan ervoor zorgen dat die asielzoekers een andere locatie krijgen, dat is alles. Soms moet je dat op een onvriendelijke manier duidelijk maken, maar heb ik ooit gezegd dat er slachtoffers gaan vallen?'
'Als je stenen door ruiten gaat gooien,' probeert Sproet nog.
'Wie zegt dat we dat echt gaan doen? Denk je dat ik een moordenaar ben of zo?'
Sproet houdt zijn mond.
'Dus je doet mee?' vraagt Kuba.
Sproet zucht. 'Op mijn voorwaarden. Meer openheid dus.'
'Dan hebben we nog wel één probleem, namelijk Spin.'
Scooter staat op en zegt: 'Ik neem hem wel voor mijn rekening. Maak je geen zorgen. Ik weet precies wat zijn gevoelige plek is. Ik zal de details van ons alibi in zijn kop rammen. Mijn broertje kan ons nog heel goed van pas komen.'
'Ik hoop voor jullie dat je gelijk hebt,' antwoordt Kuba.

## maandag 21 april, 18.00 uur

# Spin

Het is zes uur als hij weer bij de hoofdingang van het ziekenhuis staat.
*Waarom heb ik het haar verteld? Hoe kan ze me nu nog leuk vinden? Me zelfs een zoen geven?*
*Stel dat ze me op staan te wachten? Ik moet hun spel meespelen. Nu nog wel...*
Voor zover hij kan zien, zijn ze niet in de buurt.
Weer gaat zijn mobiel. Het is Scooter.
*Misschien wil hij me waarschuwen.*

Hij neemt op.

'Ja, hallo.'

'Waar zit je?'

'Ik weet het niet precies.'

'Klets niet, man. Ik kom je halen. Maak het niet nog erger.'

'Ik maak het niet erger.'

'Dat doe je wel. Je hebt geen idee wat jouw stommiteiten voor gevolgen kunnen hebben. Niet alleen voor jou, maar ook voor mij en mama.'

'Hou haar erbuiten.'

'Dat wil ik wel, maar Kuba denkt daar anders over. Spin, ik pik je op. Waar ben je?'

'Ik neem een taxi naar huis.'

Hij verbreekt de verbinding.

*Kuba. Hoe ver zal hij gaan?*

Steeds weer hoort hij Laura's woorden. 'Waarom moeten jullie onschuldige vluchtelingen, die echt helemaal niets meer hebben, ook nog eens dwarszitten? We leven in één wereld, die is van iedereen. Blijf rustig en laat niet zien wat je van plan bent. Jij en je familie mogen geen gevaar lopen.'

Hij hinkt naar de taxi, noemt de naam van zijn straat en laat zich naar huis rijden.

De zenuwen lopen nog meer op als hij zo onopvallend mogelijk door de voordeur naar binnen sluipt.

De plotselinge sprong die zijn broer van de trap maakt, bezorgt hem bijna een hartstilstand.

'Zo, daar ben je. Heb je enig benul waar je mee bezig bent?'

Hij haalt zijn schouders op.

'Nee? Dan zal ik het je nog eens haarfijn uitleggen. Jij gaat vanaf nu nergens meer zonder mijn toestemming naartoe.'

'Anders wat?'

'Dan stop ik met het betalen van de medicijnen voor mama. Moet je eens kijken hoe ze dan reageert.'

'Dat kun je niet maken.'

'En of ik dat kan. Jij hebt geen rooie cent, vriend, dus op jou hoeft ze niet te rekenen.'

'Mama heeft er niets mee te maken. Laat haar erbuiten.'

'Je moet een beetje dimmen. Kuba kan je bloed wel drinken. We gaan nu naar de schuur en je biedt je excuses aan. Vertel hem dat je voor je voet terug moest naar het ziekenhuis en dat je voor honderd procent bereid bent mee te doen aan actie Zwart.'

'Scooter, laat me met rust. Ik zal niets zeggen. Ik zweer het je.'

'Te laat. Je leert eerst ons alibi uit je kop. De politie doet moeilijk. Over een dikke week hebben we je niet meer nodig, dan kan er gepraat worden over eruit stappen. Je loopt nu naar mama en je vertelt haar dat we nog even op pad gaan en dat je al gegeten hebt. Nu.'

Scooter duwt hem naar de deur van de kamer. Zijn blik is angstaanjagend.

Als Spin zijn moeder ziet zitten, schieten de tranen in zijn ogen.

*Stel dat Scooter zijn woord houdt en niet meer wil betalen? Ze zal zichzelf wat aandoen.*

'Dag, mama.'

'Jongen, wat ben je laat. Ik heb nog wat eten voor je in de koelkast staan. Hoe was het op school?'

'Goed, mama. Maar ik ga nu met Scooter mee. We gaan even naar de schuur. Ik heb al gegeten.'

Ze staart hem met verdrietige ogen aan.

'Je ziet er moe uit, Tycho, gaat het wel goed met je?' vraagt ze. Hij knikt en loopt de deur uit. Het lukt hem niet zijn tranen tegen te houden.

Scooter kijkt hem afkeurend aan: 'Jankerd, kom op. Ik vertel je onderweg wat je nog allemaal moet weten. Veeg alsjeblieft die tranen weg. Ik schaam me kapot voor je.'

Spin stapt achterop.

*Me verzetten heeft geen zin.*

Scooter schreeuwt van alles over het winkelcentrum en dwingt hem de woorden letterlijk te herhalen.

Terwijl hij dit doet, sluit hij zijn ogen en denkt aan de kus van Laura.

In de schuur hangt een walm van rook gemengd met friteslucht.

Kuba kijkt niet eens op als ze binnenkomen.

'Hij was gewoon thuis. Niks aan de hand. Hij weet van het alibi en heeft op eigen initiatief verklaard vanaf nu precies te doen wat er van hem gevraagd wordt,' zegt Scooter.

Kuba propt een handvol frites in zijn mond en loopt naar de koelkast, waar hij een biertje uit haalt.

'Ik geloof hem niet,' zegt hij daarna op neutrale toon.

'Hij zal wel moeten en dat weet hij,' antwoordt Scooter.

'Kan hij zelf niet praten?'

'Jawel. Ik doe mee. Zeg maar wat ik moet doen,' zegt Spin.

'Je mond houden. En ik heb nog een klus waarmee je het een klein beetje goed kunt maken. De details vertel ik je later.'

*Niet reageren, rustig blijven.*

'Morgenmiddag om precies drie uur wil ik met jullie de plannen doornemen. Ik heb namelijk wél een draaiboek.'

Kuba loopt naar de kast, haalt een blauw schrift onder een doos vandaan en zwaait ermee in de lucht.

*Dus daar staat alles in. Dat is het bewijs wat ik nodig heb.*

Het is één uur in de nacht als Spin voor de zoveelste keer op zijn wekker kijkt.

*Eerst de sleutel bij Scooter uit zijn broekzak halen, dan op de fiets naar de schuur, het schrift lezen, foto's van de teksten maken, terugfietsen en de sleutel weer ongemerkt bij Scooter achterlaten. Dat moet in anderhalf uur lukken. Niemand zal het merken.*

Hij kleedt zich aan en strompelt op zijn sokken naar Scooters kamer. Een uur geleden was zijn broer naar bed gegaan.

Spin maakt de slaapkamerdeur open en schrikt van het krakende geluid. Maar er volgt geen reactie van zijn broer. De spijkerbroek van Scooter ligt op de grond. Hij houdt zijn adem in en schuifelt ernaar toe.

*Yes!*

Hij pakt de sleutelbos eruit en draait zich om. Scooter ligt met zijn rug naar hem toe. Hij snurkt een beetje.

*Hoe is het mogelijk dat zijn broer meewerkt aan Kuba's gestoorde plannen, zonder daar een seconde wakker van te liggen? Weet hij wat er in het schrift staat?*

Hij laat de deur een beetje openstaan en loopt voorzichtig de trap af.

Aan de sleutelbos van Scooter hangen huissleutels, de sleutel van de schuur en van zijn scooter. Heel even twijfelt hij of hij op de scooter zal gaan, maar de angst dat hij hem in de prak rijdt of dat zijn broer erachter komt, weerhoudt hem ervan en hij haalt zijn fiets uit de schuur.

De straten zijn verlaten. Hij fietst ondanks de pijn in een behoorlijk tempo.

Als hij nog een meter of vijftig van de schuur is, mindert hij vaart. Hij schrikt zich kapot. Er staan scooters bij de schuur en er is af en toe een zwak licht te zien.

Hij stapt af en loopt naar de kant van de weg, waar hij zich verschuilt achter een groep bomen.

Het licht is afkomstig van twee zaklantaarns en er lopen minstens vier personen rond.

*Wie zijn dat? Wat doen ze?*

Vanaf de plaats waar hij staat, kan hij onmogelijk de gezichten duidelijk zien.

Hij loopt met de fiets aan zijn hand langs de berm van de

weg, ondertussen de schuur goed in de gaten houdend. Hij is bloednerveus.

Pas na een tijdje ontdekt hij wie het zijn: Henkie en zijn vrienden.

*Wat moeten die gasten hier? Gaan ze onze schuur in de fik steken? Moet ik Scooter bellen?*

Ze lopen met jerrycans rond.

*Ik moet de politie waarschuwen.*

Nerveus zoekt hij naar zijn mobiel, blokkeert nummerherkenning en toetst 112 in.

Seconden tikken weg voordat hij verbonden wordt.

'Ze gaan nu brand stichten in een schuur op de lange dijk in Rimkensveer. Bij boer Van der Putten. Nu.'

Meteen verbreekt hij de verbinding en stopt zijn mobiel terug.

Er lopen twee jongens om de schuur. Ze gieten de jerrycans leeg.

Dan klinkt er een dof geluid.

*Het is waarschijnlijk de deur die wordt ingetrapt.*

Een paar jongens gaan naar binnen en een van hen blijft buiten staan.

Spin staat niet meer dan twintig meter bij hem vandaan.

Het duurt niet lang of de jongens komen weer naar buiten.

De scooters worden gestart. De koplampen schijnen in zijn richting. Hij houdt zijn adem in en maakt zich zo klein mogelijk.

De jongen die achter op de laatste scooter zit, steekt een touw in de fik en gooit het tegen de muur van de schuur.

Er gebeurt niets.

De jongens staan stil, maar door het geronk van de motoren kan Spin hen niet verstaan.

Dan is er een vlam vlak bij de deur.

Even later razen de scooters hem voorbij.

De vlammen worden hoger.

*Het schrift. De politie.*

Hij sleept zichzelf voort naar de schuur, trekt zijn jas uit en begint op de hoogste vlammen te slaan. Na enkele flinke slagen lijken ze te doven. Overal ruikt het naar benzine.

Hij rent naar binnen en trekt het schrift uit de kast. Het is zeker voor de helft volgeschreven.

Van de zenuwen scheurt hij per ongeluk een stukje van de eerste bladzijde, waarop een aantal internetsites staan vermeld. Ze hebben allemaal met molotovcocktails en explosieven te maken. Met trillende handen maakt hij met zijn mobiel een foto.

*Shit, de flits doet het niet.*

Hij kan het geduld niet opbrengen om de bladzijden één voor één te bekijken en slaat ergens in het midden het schrift open.

Daar staan een aantal namen: Pieter-Jan de Koning, mevrouw De Koning, de burgemeester...

Hij bladert nerveus verder.

Daar staan hun namen. Eerst die van Tis, gevolgd door Sproet. Hij zoekt zijn eigen naam, maar zijn blik blijft rusten op de naam van zijn broer.

Het lijkt wel of Kuba een hele studie heeft gemaakt van iedereen. Hij leest over Scooters opleiding, bezigheden en thuissituatie. MOEDER IS GEK, DAAR KAN IK HEM MEE CHANTEREN. MOET GELOVEN DAT HIJ MEE MAG.

*Vuile klootzak. Hoezo moet Scooter geloven dat hij mee mag?*

Hij gaat verder naar zijn eigen naam en zijn oog valt meteen op de laatste zinnen: ZWAKKELING, MAAR VAN HEM ZULLEN WE GEEN LAST MEER HEBBEN ALS HIJ OPGEPAKT WORDT. HIJ KAN ZIJN ONSCHULD NOOIT BEWIJZEN.

De hartkloppingen en bevende handen maken dat hij even moet stoppen.

*Scooter moet dit weten.*

Hij bladert opnieuw naar de bladzijde met de persoonsbe-

schrijvingen, maar in een flits ziet hij ergens het woord VIA-
DUCT voorbijkomen. Eronder staat:

BURGEMEESTER EN ZIJN VROUW
VAN RAVENSBURGER EN ZIJN VROUW
LID VAN DE KONINKLIJKE FAMILIE

Dan een schema met tijden en met veel buitenlandse namen
die hem niets zeggen.

Op de laatste bladzijde staat een adres. Het is onduidelijk geschreven. Het is nog net te lezen dat het om een plek in Brussel gaat. In de kantlijn zijn enkele getallen en letters gekrab-
beld. LAI804, hij herhaalt de combinatie en probeert de tekst
in beeld te krijgen.

*Wat is dat voor geluid?*

Hij legt gehaast het schrift terug en rent naar buiten.

De vlammen zijn weer opgelaaid. Hij slaat als een gek op de
grond, maar kan de snelheid van het vuur niet bijhouden.

In de verte zijn sirenes te horen.

Hij rent naar zijn fiets en sleept hem uit de berm. In de tegen-
overgestelde richting van waaruit hij is gekomen, verdwijnt hij
in het donker. Het geluid van de sirenes komt steeds dichterbij. Hij trapt de longen uit zijn lijf.

Dan is het stil.

*Ze zijn waarschijnlijk op tijd.*

Na een minuut of vijf durft hij om te kijken en even uit te
rusten.

Hij stinkt enorm naar rook.

*Wat nu? Wat kan ik doen? Kuba is een totaal doorgeslagen gek. Hij ver-
raadt zijn vrienden. Hij is een terrorist.*

*Ik moet rustig nadenken. Als die foto's nu maar goed zijn. Had ik dat
schrift toch maar meegenomen. Scooter gelooft me nooit.*

Vlak bij zijn huis stapt hij af en zoekt hij op zijn mobiel de
foto's op.

*Nee, nee, nee.*

Het zijn allemaal zwarte beelden.

Hij loopt het laatste stuk met de fiets aan zijn hand.

Als een inbreker sluipt hij door de gang, de trap op. Bij de kamer van zijn broer luistert hij aandachtig bij de openstaande deur. Gesnurk.

Op zijn tenen loopt hij naar de broek. De sleutels laat hij in een van de zakken glijden.

Hij draait zich om. Omdat hij even zijn evenwicht dreigt te verliezen, houdt hij zich vast aan de kastdeur. Het kraakt enorm.

'Wat moet dat? Spin, ben jij het?'

'Ik... ik zoek mijn schoenen,' stottert hij.

'Wat? Je bent gek. Je stinkt, man. Wat heb je?'

'Niets. Ik ga slapen.'

Hij weet niet hoe snel hij naar zijn kamer moet komen.

dinsdag 22 april, 10.30 uur

## Laura

Totaal uitgeput sluit ze haar ogen.

*Wat een ochtend.*

Eerst was er een scan gemaakt, daarna was de fysiotherapeut langs geweest en als extra toegift had de psycholoog haar nog een bezoekje gebracht.

Ze hadden haar dringend verzocht om aan een speciaal trainingsprogramma deel te nemen, met de garantie dat ze snel weer zou kunnen lopen. Wel eisten ze honderd procent inzet en als er binnen vierentwintig uur geen verbeteringen optreden, zal de behandeling worden stopgezet.

Ze was helemaal niet van plan geweest veel van zichzelf te vertellen aan de psycholoog, maar het was vanzelf gegaan.

*Stel dat papa en mama dit allemaal te horen krijgen?*

De psycholoog had haar verzekerd dat alles tussen hen beiden zou blijven.

*Maar wat als papa de rapporten in wil zien? Hij is ertoe in staat. Hij is gek op rapporten.*

*Ik mag niet zo negatief over mijn ouders denken. Papa en mama hebben toch ook goede dingen voor me gedaan? Vier keer in de week heen en weer naar de turntraining rijden bijvoorbeeld. Maar het turnen... doe ik dat nu voor hen of voor mezelf? En al die cadeautjes en kleren die ik van hen gekregen heb? Behalve dan die supergave rode pumps, die ik na veel discussie toch nog terug moest brengen.*

*Wat schiet ik nu helemaal op met dat gepraat? Hoofdpijn krijg ik ervan. Ik kan mijn ouders toch niet veranderen. O nee, de psycholoog vindt dat ik zelf de touwtjes in handen moet nemen, dat ikzelf moet veranderen. Zeggen wat ik echt wil en voel.*

*Nou, ik wil echt vandaag nog dit ziekenhuis uit lopen, een sigaret roken, die rode pumps gaan kopen en Tycho helpen. Of nee, nog eerlijker: Tycho kussen!*

Ze had zelfs aan de psycholoog verteld dat ze zich zorgen maakte over Tycho en – hoe stom kan iemand zijn – haar zelfs verteld over de plannen van het asielzoekerscentrum!

'Ook hier kun je een keuze in maken, Laura. Je houdt je overal buiten en je zegt niets te willen weten over de plannen, of je luistert naar Tycho. Maar dan ben je erin betrokken en kun je niet meer terug,' was de reactie van de psycholoog geweest.

*Nou dat klopt: ik kan en wil niet meer terug. Tycho heeft alleen mij. Ik kan hem helpen en hem ervan overtuigen dat hij ermee moet stoppen. Maar stel je voor dat die andere jongens Tycho dan echt wat aandoen? Of dat er iets gebeurt met zijn moeder of broer? Ik snap het wel: ik zou mijn familie ook beschermen. Ondanks alles zou ik hen nooit in gevaar willen brengen.*

*Tycho moet het slim aanpakken. Ik ga hem daarbij helpen.*

*Maar dan moeten die slome worsten wel mee willen doen...*

Tycho hoort helemaal niet bij die jongens. Hij heeft zich alleen bij de groep aangesloten om aan geld te komen voor zijn moeder. Anders zou hij toch nooit de politie hebben gebeld om hen in te lichten over dat zoontje van de wethouder?

Hij is doodsbang voor die Kuba. Wat is die Kuba voor jongen? Ik moet meer over hem te weten komen. Hem moeten ze oppakken. Tycho moet ervoor zorgen dat de politie die klootzak op heterdaad kan betrappen. Maar dan is het misschien wel te laat. Wie weet wat die gek met het asielzoekerscentrum gaat doen? Tycho had het erover dat belangrijke genodigden het doelwit zouden kunnen worden.

Ik móét gewoon lopen.

Zal ik hem bellen? Ja, ik moet hem moed inspreken. Maar bellen?

Lieve Tycho, hoe is het?

Doe geen domme dingen.

Ik wil je helpen.

Kom je vanavond na het bezoekuur?

Ik hoop het.

Kus Laura

Ze verzendt het bericht.

Vlak daarna belt Chrisje.

Mijn grote turnvriendin.

'Hallo, met Laura.'

'Hoi, met Chrisje. Hoe gaat het?'

'Gaat wel.'

'Ik hoorde van je moeder dat je niet kunt lopen. Wat verschrikkelijk.'

'Dan neem jij mijn plaats toch gewoon in.'

Ze schrikt van haar eigen woorden.

Het blijft stil.

'Ik weet dat jij dat graag zou willen, dus waarom zeg je dat niet gewoon.'

Chrisjes zucht is duidelijk hoorbaar. 'Dat is niet waar. Ik vind het heel erg voor je en hoop dat je snel beter bent.'
'Reken daar maar niet op. Doe de anderen de groeten en zeg maar dat ik voorlopig geen bezoek mag hebben.'
'Oké. Nou, beterschap dan maar.'
'Ja, dank je. Dag.'
'Dag.'
*Zo, dit is toch wat de psycholoog bedoelt? Gewoon zeggen wat ik echt denk? Het voelt heerlijk.*

## dinsdag 22 april, 11.00 uur

# Kuba

De voordeurbel wekt hem.
Hij kijkt op zijn wekker. Het is elf uur.
Weer die irritante bel.
*Gaan mijn ouwelui niet opendoen?*
Hij sleept zich uit zijn bed en loopt naar het raam.
*Nee, wat doen die ratten hier?*
In de politiewagen zit een agent. Bij de voordeur staat haar mannelijke collega.
*Waar gaan ze me over ondervragen? De braskeet? Wergter? Pieter-Jan? Ze verdoen hun tijd.*
Een van zijn ouders loopt de trap af naar beneden en opent de voordeur.
En ja hoor, even later hoort hij zijn moeder roepen: 'Kuba, kom naar beneden. Er is bezoek voor je.'
Hij pakt zijn mobiel om nog het een en ander te wissen, maar ziet in een flits dat hij een nieuw berichtje heeft.

*Is de schuur zwart genoeg?*
*Graag gedaan.*

Geen afzender.
Hij knijpt zijn mobiel bijna fijn.
*Lafaards. Overdag durven ze hun gezicht niet te laten zien.*
Hij wist voor zijn eigen veiligheid alle berichten en trekt zijn broek en shirt aan.
*Kom maar op, blauwe ratten.*
Op zijn dooie gemak loopt hij de trap af. Beneden in de hal staat het feestcomité hem op te wachten.
'Goedemorgen. Ik ben rechercheur Van Deursen. Ik wil graag even met je praten.'
'Dat is goed. Zeg het maar.'
'Er is vannacht brand gesticht in de schuur waar jullie altijd vertoeven.'
'Dat is niet zo mooi,' antwoordt hij rustig.
'Je lijkt er niet erg van onder de indruk te zijn. Heb je enig idee wie dat gedaan zou kunnen hebben?'
*Ik kan nu Henkie en zijn zwarte maten naaien, maar dan lopen we na-tuurlijk onnodig risico. Ik maak hem liever zelf af.*
'Ik zou het niet weten.'
'Waar was je vannacht om één uur?'
'In mijn bed.'
De agent richt zich tot Kuba's moeder.
'Kunt u dit bevestigen?'
'Ja, hij was thuis.'
'Waar was je gistermiddag?'
'In het winkelcentrum.'
'Van hoe laat tot hoe laat?'
'Van twee uur tot een uurtje of halfzes.'
'Kan iemand dat bevestigen?'
'Ja hoor, mijn vrienden. Hun namen zijn vast al bekend bij jullie.'

'Jullie hebben geluk dat er vannacht rond halftwee een anonieme melding van de brand is binnengekomen. De brandweer was er snel bij, dus de schade is beperkt gebleven. Jullie weten dat de schuur over een paar dagen wordt afgebroken? Ik adviseer je om alle kostbare spullen eruit te halen, voordat hij definitief tegen de grond gaat.

*Die grijns op zijn gezicht! Ik ga hem ook op de zwarte lijst zetten. Eens kijken of hij ook nog lacht als ik bijvoorbeeld zijn auto onder handen neem.*

'Ik zou graag even op je kamer rondkijken,' zegt de agent onverwachts.

'Hebt u een huiszoekingsbevel?'

'Nee, dat niet, maar als je niets te verbergen hebt, lijkt me dat niet nodig.'

'Dat dacht ik wel. Hebt u nog meer vragen voor me, of kan ik weer gaan?'

'Op dit moment niet, maar we houden je in de gaten.'

'Dat is fijn, dan kijkt er nog iemand naar me om. Tot ziens.'

Hij draait zich om en loopt zelfverzekerd de trap weer op.

*Stelletje losers.*

*Wie is die anonieme beller? Shit, de kas! En stel dat ze het schrift te pakken hebben gekregen. Ik moet op veilig spelen. Dit is een mooie kans om de anderen wijs te maken dat het schrift in vlammen is opgegaan.*

Hij werpt nog een blik op zijn mobiel. Geen nieuw bericht.

*Ik moet nu naar de schuur.*

Hij pakt wat geld van zijn nachtkastje, poetst zijn tanden, trekt zijn gympen aan en verlaat zijn kamer.

Even schiet het door zijn hoofd dat dit wel eens een van de laatste ritjes naar de schuur zou kunnen zijn.

*Dacht het niet. Ik blijf de komende dagen de schuur bewaken. Eens kijken of ze mij eruit kunnen krijgen.*

Vanaf een afstand is niet te zien dat er brand is geweest. Wel ziet hij dat de deur is ingetrapt.

Hij loopt als een speurhond het gebouw binnen. Tot zijn grote opluchting liggen het schrift en de kas nog op hun plaats. De koelkast is leeg. Verder zijn er geen zichtbare vernielingen.

## dinsdag 22 april, 11.15 uur

# Spin

Hij ligt al minstens een uur in zijn bed te wachten op het moment dat Scooter wakker wordt. Als hij de kamerdeur van zijn broer hoort dichtslaan, strompelt hij naar de gang.

Scooter kijkt hem geïrriteerd aan. 'Wat sta je hier nu weer? En wat was dat vannacht? Je spoort niet helemaal, geloof ik.'

'Scooter, luister. Ik weet alles. Kuba belazert iedereen.'

'Tjonge, en dat heb je nu pas door. Ik kreeg trouwens net een berichtje van hem. Ze hebben vannacht geprobeerd de schuur in de fik te steken. Maar dat wist jij waarschijnlijk al? Wel heel toevallig dat je vannacht zo naar rook stonk.'

'Nee, Scooter, ik heb niets met die brand te maken. Ik zweer het je. Maar luister nu naar me. Kuba luist je erin. Je komt echt in de problemen als je in zijn plannen mee blijft gaan.'

Scooter haalt zijn neus op en trekt een vies gezicht. 'Stoker. Kuba besodemietert zijn vrienden niet, daar ken ik hem veel te lang voor. Ik krijg het koud, dus laat me erdoor. We moeten over een paar uur in de schuur zijn. Het zoontje van de wethouder is trouwens weer veilig thuis en de wethouder heeft niets van zich laten horen, dus we hebben het nog druk.'

'Scooter, je moet me geloven. Ik...'

Met een smak duwt zijn broer hem tegen de muur.

'Zorg dat je om kwart voor drie klaarstaat,' commandeert Scooter.

'Ik moet naar school.'

'Ik dacht het niet. Ik heb een of andere leraar van school aan de lijn gehad en heb je ziek gemeld vanwege je ongeluk. De komende dagen kun je je totaal beschikbaar stellen voor de actie.'

'Scooter, ik weet waar Kuba mee bezig is.'

'Gelukkig, ik dacht dat je het nooit door zou krijgen.'

'Nee, dat bedoel ik niet. Ik heb...'

'Spin, opzij. Ik heb mama beloofd nog even boodschappen te doen. Je hoort het: ik ben de slechtste niet.' Scooter duwt hem opzij en verdwijnt zijn kamer in.

*Wat nu? Als ik Kuba verraad, gaan we er allemaal aan. Of Kuba vermoordt ons, of we worden opgepakt. Mama zal alleen achterblijven en dat redt ze nooit.*

*Als die foto's goed waren geweest, dan had Scooter me wel móéten geloven. Ik kan echt geen kant meer op. Misschien weet Laura een oplossing? Ik wil haar niet betrekken in deze shit, maar ze is de enige die naar me luistert en me wil helpen.*

Hij toetst haar nummer in.

'Met Laura van Ravensburger.'

'Hallo Laura, met mij. Laura, ik heb bewijsmateriaal, maar Scooter wil niet naar me luisteren. Ik ben echt bang dat het helemaal fout gaat. Ik weet wat Kuba van plan is. Het staat zwart op wit. Hij heeft alles al uitgedacht. Het is echt verschrikkelijk. Ik wil dit niet, maar ik heb geen keuze.'

'Rustig, Tycho, rustig. Ik kan je niet helemaal volgen. Je moet een plan maken. Kom je vanavond? Ik wil je graag helpen.'

Hij weet even niet wat hij moet zeggen.

'Ik ben zo ontzettend stom geweest door bij die bende te gaan. Zo stom.'

'Ja, dat is waar, maar anders hadden wij elkaar waarschijnlijk nooit ontmoet, dus misschien heeft het ergens toch nog nut.'

'Hoe kun je mij nu leuk vinden? Door mij lig je in dit stomme ziekenhuis en kun je niet meer lopen.'

'Ja, gek hè, maar weet je: ik ben door dit alles ook na gaan denken en ik hoop dat me dat uiteindelijk ook wat oplevert.'
'Daar snap ik niks van.'
'Nee, het klinkt stom en ik snap het zelf ook nog niet helemaal. Misschien kan ik het je vanavond proberen uit te leggen. Tycho, geef niet op. Er is echt wel een oplossing, misschien moeten we hulp vragen.'
'Nee, Laura, beloof me dat je er met niemand over praat. Jij kent Kuba niet, als hij ook maar iets vermoedt, draait hij door.'
'Oké, beloofd. Wat ga je nu doen?'
'Over een paar uur ga ik met Scooter naar de schuur. Ik heb geen keus. Daar zal Kuba zijn plan uit de doeken doen. Waarschijnlijk is er vanmiddag nog een klus voor me. Ik kan mezelf beter nu aangeven bij de politie.'
'Niet doen. Laat ze nog even in de waan dat je meedoet en probeer zo veel mogelijk informatie en bewijzen te verzamelen, anders gaat Kuba jou en de anderen voor alles op laten draaien.'
'Ik moet ophangen. Laura, ik kom vanavond.'
'Goed, doe geen gekke dingen. Ik denk aan je.'
'Ik ook aan jou. Dag.'
*Hoe kan iemand zo lief voor me zijn?*
*Ze heeft gelijk: Kuba speelt het zo slim dat hij zelf buiten schot blijft. Wie heeft uiteindelijk Wergter overvallen? Wie heeft Henkie bedreigd? Wie heeft de schuur in de fik gestoken? Ga zo maar door.*

## dinsdag 22 april, 15.00 uur

# Kuba

Even heeft hij getwijfeld of hij het schrift zou verbranden, maar hij heeft het in zijn binnenzak opgeborgen.

*Als ze echt weten wat daarin staat, haken ze vandaag nog af. Het zijn moederskindjes. Ik moet ze alleen het hoognodige vertellen en ze pas op het laatste moment inlichten over de uiteindelijke klapper. Daarna zal ik ze waarschijnlijk nooit meer zien. Jammer dat ik Scooters gezicht niet kan zien als hij zich realiseert dat ik zonder hem vertrek. Wie heeft vannacht de brandweer gebeld? Boer Willem slaapt als een ouwe otter. Zou Henkie spijt hebben gekregen? Lijkt me sterk. Maar wie dan wel?*

Sproet arriveert als eerste.

*Dat is mooi. Kan ik hem nog even hersenspoelen.*

Kuba trekt een biertje voor hem open en gaat naast hem op de bank zitten.

'Ik heb gisteren bezoek gehad van de blauwe ratten,' zegt hij op serieuze toon tegen Sproet.

'Waarom? Ging het over de brand?'

'Ze wilden van alles van me weten, maar ze zijn met hun staart tussen de benen afgedropen. Met een goed alibi kom je een heel eind.'

'We moeten gas terugnemen,' is de reactie van Sproet.

*Lafaard.*

'We moeten alleen ons hoofd er goed bij houden. De politie vertelde me nog iets waar jij niet zo blij mee zult zijn,' bluft Kuba. 'Het café van je ouders krijgt waarschijnlijk ook een andere bestemming. Die zwarten hebben volgens de ratten recht op een eigen ontmoetingsplek.'

'Hoezo? Je wilt toch niet zeggen dat ze De Lokvogel daarvoor willen gebruiken? Sorry, maar ik kan het even niet meer volgen. Gisteravond is het mijn vader gelukt om een deal te sluiten met de organisatie. De Lokvogel mag voor de opening de drankbevoorrading verzorgen. Hij mag alle taps, vaten, flessen en glazen leveren. Dat staat toch wel lijnrecht tegenover de plannen om ons daarna een oor aan te naaien.'

'Ja, maar je weet hoe corrupt die ambtenaren zijn. Pas als alles achter de rug is en iedereen zijn medewerking heeft verleend, komen ze met hun egoïstische plannen. Ze willen nu geen negatieve publiciteit, die er natuurlijk komt als ze alles op tafel leggen. Als de normale burger zich realiseert wat er gaat veranderen als die zwarten hier hun intrek hebben genomen gaan ze klagen, maar dan is het te laat. Wacht maar totdat die stomme Hollanders ontdekken dat hun kindjes slechter presteren op school, omdat die buitenlanders alle aandacht opeisen. Of als ze iedere dag de klaagzangen van een of andere Turk moeten aanhoren, als hij zijn gebeden door een luidspreker in de moskee opzegt. Het is ook nog niet voor honderd procent zeker van De Lokvogel, maar ik vrees dat als het hier straks zwart ziet van de mensen, wij geen stap meer in jullie café willen zetten. Snap je nu dat we wel door móéten gaan? Daarmee red je ook De Lokvogel. Het is verstandig om hier helemaal niets van tegen je ouders te zeggen. Ze gaan zich onnodig veel zorgen maken en ik beloof je nu dat wij ervoor gaan zorgen dat die plannen helemaal niet doorgaan. Je ouders zullen je straks erg dankbaar zijn.'

'Hoe weet jij dit?' vraagt Sproet.

'Nadat de agenten me nog eens duidelijk hadden gemaakt dat de schuur over een paar dagen plat gaat, vertelden ze ook dat er meer gebouwen tegen de grond gaan of een andere bestemming krijgen vanwege de komst van het asielzoekerscentrum. Daarbij lieten ze ook De Lokvogel vallen.'

'Hoe kunnen ze. En mijn moeder weet van niets! Ze heeft zich jaren uitgesloofd en dan dit.'

'Ik weet het. Het is voor mij ook mijn tweede thuis.'

Sproet kijkt hem akelig lang aan, maar zwijgt.

*Dat is het! De vader van Sproet krijgt toegang tot het gebouw, waarschijnlijk een dag van tevoren.*

'Sproet, wanneer gaat je vader aan de slag in het centrum?'

'Ik geloof dat hij donderdag- of vrijdagmorgen de boel mag

plaatsen. Het staat allemaal op papier, er zijn toegangspasjes, maar precies weet ik het niet. Waarschijnlijk gaat hij míj vragen om hem te helpen, maar hij zoekt maar iemand anders. Ik ga die zwarten echt niet bedienen.'

Tis komt zoals altijd met veel lawaai binnen.

'Wat een k-k-klootzakken. De b-b-braskeet gaat eraan.'

'Relax, Tis, en neem een biertje. De braskeet is nu niet belangrijk.'

Als iedereen er is, neemt Kuba het woord. 'Luister. Henkie zal boeten, maar pas na de actie. De kas is er nog, maar het schrift is weg. Waarschijnlijk hebben ze het verbrand.'

'En als ze dat niet gedaan hebben en ermee naar de politie gaan?' vraagt Sproet.

'Geen enkel probleem. Ik had alles in een soort codetaal genoteerd. Ze kunnen er niets mee,' antwoordt Kuba.

Spin staat onverwachts op en gaat tegenover hem staan.

'Wat moet je?'

Spin wijst naar de kast.

'Hallo, wat sta je daar nu idioot te wijzen?'

'Je liegt. Het klopt niet wat je zegt. Het schrift is niet weg,' stamelt Spin.

Heel even wordt Kuba's keel dichtgeknepen, maar dan schreeuwt hij woedend naar Spin: 'Nu moet je eens ophouden met dat gezeik van je. Je spoort niet, jongen. Ga zitten of vertrek, maar dan zul je bloeden, vriend.'

Spins ogen schieten alle kanten op. Hij zoekt contact met Scooter, maar die trekt zonder een woord vuil te maken Spin aan zijn shirt terug.

*Hoe kan Spin nu weten dat het schrift niet weg is? Weet hij wat erin staat? Heeft hij iets met die brand te maken? Hij is een groot gevaar voor ons. Ik wist het vanaf het begin. Stel dat hij inderdaad alles weet en de politie inlicht? Ik moet ze te slim af zijn en mijn plannen wijzigen. Het tijdstip van de aanslag vervroegen? Ik moet ervoor zorgen dat Spin straks eeuwig zal zwijgen, maar waarschijnlijk kan hij na vanmiddag al geen woord meer uitbrengen.*

'Goed, we gaan verder. En Spin, je moet je misschien eens door een psychiater na laten kijken.'

De anderen lachen om zijn woorden. Voor hen is Spin een bang, achterdochtig ventje dat erom vraagt belachelijk gemaakt te worden.

'Zes dagen nog te gaan. Er zit niet genoeg geld in de kas. We moeten deze week nog aan een paar duizend euro komen,' zegt Kuba.

'Waar heb je dat geld precies voor nodig?' wil Sproet weten.

'Dat vertel ik zo meteen, laat me eerst mijn verhaal afmaken. Het lijkt er tot nu op dat meneer de wethouder niet onder de indruk is van onze dreigementen. We zouden zijn vrouw en dochter kunnen verrassen, maar het is de vraag of hij dan wél reageert en ze worden waarschijnlijk streng bewaakt. Ik heb heel goed nagedacht en weet precies wanneer we wat gaan doen. Iedere stap zit in mijn hoofd. Jullie hebben natuurlijk het recht om te weten wat actie Zwart precies inhoudt, maar hoe minder jullie op de hoogte zijn van de acties, des te minder gevaar jullie lopen. Ik draai ervoor op als het misgaat, maar dat heb ik wel voor mijn vrienden over.'

Hij kijkt zijn maten één voor één aan.

*Ze lijken erin te trappen.*

'Toch wil ik meer duidelijkheid,' dringt Sproet aan.

'Oké, zoals jíj het wilt. Morgenmiddag zal ik mijn plannen tot in detail uit de doeken doen,' antwoordt Kuba geïrriteerd.

Sproet lijkt nog niet tevreden te zijn met het antwoord.

*Ik moet snel op een ander onderwerp overgaan.*

'We gaan vanavond rond halfzeven op pad om in te breken bij een villa in de buurt. Ik heb een tekening van het huis en weet precies waar de belangrijkste spullen staan. Ik heb een klopsleutel op internet gekocht. Daarmee laat je geen enkel spoor van inbraak achter. Iedereen gaat mee. Zorg voor handschoenen, zodat je geen vingerafdrukken achterlaat. We gaan met drie scooters.'

Sproet gaat voor hem staan en zegt: 'Hoezo om halfzeven? Dat is op klaarlichte dag.'

'Dan zijn de bewoners er niet.'

'Goed, jullie hebben nog een paar uur voordat we op pad gaan, dus...'

'Po-politie!' roept Tis, die bij het raam staat.

## dinsdag 22 april, 16.00 uur

## Spin

Twee mannen van een jaar of vijftig lopen een paar keer om het gebouw heen en kloppen daarna op de deur.

'Goedemiddag, we komen een kijkje nemen.'

Kuba maakt een uitnodigend gebaar en steekt een sigaret op.

'Horen jullie niet op school te zitten of iets anders nuttigs te doen?' vraagt de kleinste agent.

'Op dit moment toevallig niet,' is het antwoord van Kuba.

De agent blijft Kuba aankijken. 'Waar waren jullie gistermiddag?'

'In het winkelcentrum.'

'Allemaal?'

'Ja, gezellig toch? Wilt u weten wat we precies gedaan hebben? Ik kan het u van minuut tot minuut vertellen.'

'Ik wil wel graag jullie identiteitskaarten zien,' zegt de grote roodharige met snor en kijkt hen om de beurt aan.

*Wat nu? Moet ik mijn vervalste kaart tevoorschijn halen?*

Kuba vist als eerste zijn kaart uit zijn portemonnee, overhandigt hem aan de snor en zegt: 'Jullie denken toch niet dat wij rommelen met onze identiteit? Daar hebben we namelijk geen enkele reden voor.'

*Dat is dus duidelijk.*

De kaarten worden zorgvuldig bekeken en zonder een woord van goedkeuring teruggegeven.

'Hebben jullie enig idee wie geprobeerd heeft jullie schuur plat te branden?' vraagt de kleine, die als een speurhond alle hoeken en gaten inspecteert.

Kuba laat de anderen geen kans te antwoorden. 'Nee, wij hebben geen vijanden.'

De kleine werpt een blik op de anderen. 'Jullie ook niet?'

'Nee,' antwoorden Tis, Sproet en Scooter ongeveer tegelijkertijd.

De agent draait zijn hoofd naar Spin. 'En jij?'

Alle ogen zijn nu op hem gericht. Kuba's blik is dodelijk.

Spin schudt zijn hoofd en kijkt naar de grond.

De agent met de rode snor gaat voor Kuba staan. 'Wat gaan jullie doen als deze bouwval wordt afgebroken?'

'Dan zoeken we een andere geschikte plek,' antwoordt Kuba zonder blikken of blozen.

'Goed, zorg dat je spullen er voor donderdag uit zijn. Voor het geval een van jullie nog iets te binnen schiet, laat ik mijn kaartje achter. Je kunt dag en nacht contact met me opnemen. Goedemiddag, heren.'

Ze vertrekken nadat ze nog een rondje rondom het gebouw hebben gemaakt.

Kuba graait het kaartje van de tafel en steekt het met een grijns op zijn gezicht in de fik.

'Sukkels zijn het. En daar worden ze nog voor betaald ook. Ze zouden zich beter met iets nuttigers bezig kunnen houden. En dan moeten wij geloven dat zij die zwarte criminelen aankunnen?'

Kuba kijkt in het rond. 'Goed, wie nog meer wil weten, kan altijd bij mij terecht. Het is nu tijd om even te relaxen en over een paar uur gaan we ons voorbereiden. We kunnen ons geen fouten permitteren.'

'Weet je zeker dat die mensen niet thuis zijn?' vraagt Sproet.

Met een geïrriteerde stem bekt Kuba terug: 'Ja, als ik iets voorbereid, doe ik het goed. Ik rij straks voorop, Spin gaat met mij mee, dan komt Scooter en daarna volgen Sproet en Tis. De scooters kunnen we tien meter van het huis parkeren op een pad waar containers staan. Ik zorg ervoor dat jullie via de achterdeur naar binnen kunnen. Er is alleen een videocamera aan de voorkant van het huis. De spullen die we nodig hebben, staan waarschijnlijk op de eerste verdieping. We gaan voor laptops, tv's, kunst en sieraden. Spin en Tis doorzoeken het huis. De rest staat op de uitkijk en pakt de spullen aan. Het is de laatste klus voor de grote klap, dus we moeten onze kop er goed bij houden.'

Terwijl de anderen de tijd doden met een potje darten en aan hun scooters sleutelen, kan Spin zijn zenuwen niet onder controle krijgen. Zijn hart gaat enorm tekeer.

*Ik kan niemand vertrouwen.*

Steeds weer probeert hij zich de tekst uit het schrift te herinneren, maar zijn hersens blokkeren.

*Ik kan helemaal niks bewijzen.*

'Spin, pak je handschoenen. We gaan,' roept Scooter dan eindelijk.

*Het voelt zo walgelijk verkeerd om bij Kuba achterop te zitten.*

*Alleen vanavond nog.*


Na twintig minuten arriveren ze in een villawijk. Er staan kapitale huizen en dure auto's in overvloed. Kuba mindert vaart en gebaart de anderen een stuk verderop rechts een pad in te gaan. Er staan inderdaad containers. De scooters worden er verdekt tussengezet. Niemand zegt een woord. Kuba tovert een paar enorme bruine zakken onder zijn zadel vandaan en loopt terug naar de weg. Hij wenkt na een paar seconden dat zij ook kunnen komen.

'Het is nummer drieëntachtig, het eerste huis aan de rechterkant. Ik ga de deur openmaken en bel zodra het is gelukt. Let op dat je steeds uit het zicht van de camera blijft. Sproet, jij blijft hier op de uitkijk staan. Scooter, Tis en Spin: jullie komen na mijn teken.'

Kuba wacht niet eens op een reactie en loopt rustig de straat in.

Scooter steekt een sigaret op en schopt losliggende steentjes van het pad. Tis en Sproet staan bewegingloos te wachten.

*Stel dat ik nu gewoon wegloop? Slaan ze me dan neer? Wat zal Scooter doen? Ik moet hun gesprekken opnemen. Dat is het! Daarmee kan ik naar de politie gaan.*

Scooter wordt gebeld en knikt. Het teken dat ze kunnen gaan. Met zijn drieën lopen ze buiten het zicht van de camera naar de achterkant van het huis. Kuba loopt heen en weer en met een hoofdknikje maakt hij duidelijk dat ze naar binnen kunnen gaan.

Spin volgt Tis, die regelrecht naar de trap rent en in paar katachtige sprongen boven is. Het kost Spin meer moeite. Tis gebaart naar hem dat hij de eerste kamer moet nemen. Zelf loopt hij door naar de achterste kamer.

De deur van de eerste kamer staat op een kier.

*Stel dat er toch iemand is?*

Zijn handen trillen. Het is duidelijk een meisjeskamer: een soort hemelbed, posters van Enrique Iglesias aan de muur, een kast gevuld met allerlei beeldjes en een breedbeeld-tv, een paars bankje en een bureau waarop een laptop staat. Hij loopt ernaartoe.

Hij schrikt zich rot als hij het gezicht op de foto ziet.

Verderop in de gang sluit Tis een deur. Ergens tikt een wekker.

*Dit is niet waar. Wist Kuba dit? En Scooter? Dit kan geen toeval zijn. Hij weet dat ik nog contact met haar heb en wil me op deze manier laten boeten.*

Hij trekt zijn handschoenen uit. Zijn vingers bewegen langzaam over de foto.

*Ze ziet er vrolijk uit. Haar blauwe ogen zijn nog blauwer door het zonlicht. Haar haren zijn nat en laten een spoortje water na op haar gebruinde huid. Waar zou de foto genomen zijn?*

Hij draait zich om naar het bed.

*Daar slaapt ze dus. Onder een donkerrood dekbed en op een goudkleurig kussen.*

Zijn mobiel trilt in zijn zak. Het is Kuba.

Hij neemt op.

'Ja.'

'Waar blijf je? Wat heb je?'

Spins blik blijft op de foto rusten. 'Ik ben bezig.'

'Over drie minuten gaan we. Doe het raam open en laat de spullen naar beneden zakken. Opschieten!'

Kuba verbreekt de verbinding.

Totaal onreddderd kijkt Spin de kamer rond.

*Ik heb geen keuze.*

Hij zet de foto terug, tilt de tv uit de kast en loopt naar het raam. Beneden ziet hij Kuba en Scooter spullen in zakken laden. Zo te zien heeft Tis al behoorlijk wat buitgemaakt.

Spin opent het raam, zet de tv op de vensterbank en wacht op een teken van beneden. Scooter gaat onder het raam staan en heft zijn handen schuin naar boven, waar de tv enkele seconden later veilig in belandt.

'Schiet op, man, er moet nog veel meer zijn,' roept Kuba.

Spin sluit het raam, kijkt nog een keer naar het lachende gezicht op de foto en neemt de laptop onder zijn arm. Hij loopt de kamer uit en sluit de deur.

Tis komt hem tegemoet gelopen. 'Is dat alles? Gooi dat ding uit

het raam en doorzoek daarna deze kamer. Ik ga naar beneden.'
Als Tis uit het zicht is, zet hij de laptop tegen de muur op de gang en opent de blauwe deur.
*Waarschijnlijk is dit de ouderslaapkamer.*
Hij loopt naar het bed en opent de la van een van de nacht-kastjes. Er liggen sieraden in, allerlei papieren en een bos sleutels. Aan een van de sleutels hangt een label waarop KLUIS staat geschreven.
De sieraden laat hij in zijn broekzakken verdwijnen. Even twijfelt hij bij de sleutels, maar voorzichtig schuift hij het laatje weer dicht.
Hij sjouwt de flatscreen naar de gang en net als hij weer terug wil lopen, komt Tis hijgend de trap op gerend. Halverwege roept hij: 'S-s-spin, nu, w-w-we gaan. Wegwezen.'
*Stel dat ik me nu van de trap laat vallen? Ze zullen een dokter moeten bellen. De politie zal erbij worden gehaald.*
Tis kijkt hem vragend aan. 'Kom op, Kuba waarschuwt niet voor niets. G-g-geef die tv aan mij.'
'Ik heb mijn handschoenen ergens laten liggen.'
'Eikel, er is geen t-t-tijd meer om ze te zoeken. Kuba vermoordt je.' Tis pakt de tv aan en sjouwt hem naar beneden.
Spin draait zich om en werpt een blik op de laptop. Hij loopt met lege handen naar buiten.


dinsdag 22 april, 19.15 uur

# Kuba

Scooter laadt in een razend tempo de spullen in de twee tassen. Kuba ziet vanuit zijn ooghoeken dat Spin met lege handen naar buiten komt.

*Hier gaat hij voor boeten.*

Tijd om er iets van te zeggen is er niet.

Scooter en Tis sjouwen ieder een zak op hun rug.

'Doorlopen, wij lopen vlak achter jullie,' zegt Kuba.

Er rijden enkele auto's door de straat, maar niemand lijkt interesse te tonen in een stel jongelui dat in de weer is met twee enorme postzakken.

Sproet steekt in de verte zijn duim op.

*Natuurlijk is het gelukt. Wat dacht je anders?*

'Spin en Sproet dragen ieder een zak,' roept Kuba en hij start zijn scooter.

Hij neemt het bospad terug naar de schuur.

*Dat spul is minstens een paar duizend euro waard. Mooi zakcentje voor mijn vakantie, maar het had veel meer kunnen zijn als Spin normaal zijn werk had gedaan.*

De anderen volgen hem als hij naar een van de schuren van boer Willem rijdt.

*Daar staan de spullen veilig. Zeker als ik die gekken van de opruimingsdienst die onze schuur willen platwalsen, niet tegen kan houden. Maar ook voor het geval die blauwe ratten nog een keer op visite willen komen.*

*Waar maak ik me eigenlijk druk over? Ik ben hier over en paar dagen toch weg. Het is wel slim om tegenover de rest de schijn op te houden dat ik het slopen tegen ga houden.*

De schuur is niet op slot en boer Willem is nergens te bekennen.

Als Spin de zak op de grond zet, wankelt hij op zijn spillebenen. De buit is niet mis: twee breedbeeld-tv's, twee laptops, een creditkaart, een spaarpot, een verzameling munten, een scanner, een prachtige messenverzameling en een gouden horloge. Maar Kuba kan het niet laten Spin nog even persoonlijk toe te spreken. 'Jouw aandeel is zoals gewoonlijk weer erg matig, dus je snapt wel dat je nog een keer mag bewijzen dat je voor honderd procent achter actie Zwart staat. Want dat doe je toch, vriend?'

Geen reactie.

'Goed, leg alles onder die hooibalen. En geef die creditkaart maar aan mij. Ik zorg ervoor dat het spul vanavond nog verpatst wordt.'

*Ik bel vanavond de broertjes Van den Broek om te laten weten dat ze het spul op kunnen halen. Op Spins inzet na loopt alles volgens plan. Als die sukkels eens wisten wat ze nog te wachten staat...*

'Jongens, goed werk. Daarom gaan we binnenkort eens flink uit ons dak. Vrijdag om precies te zijn. We maken er een zwart feestje van, dat is de dresscode voor die avond. Ik heb een gave verrassing voor jullie.'

'Ik vind het allemaal prima, Kuba, maar krijgen we nog wel te horen wat er precies van ons verwacht wordt op maandag?' vraagt Sproet.

'Natuurlijk, ik ga het jullie allemaal haarfijn uitleggen, maar alles op zijn tijd. Maak je geen zorgen. Het wordt één groot onvergetelijk festijn.'

'Als je er maar wel honderd procent zeker van bent dat mijn naam op geen enkele manier in de publiciteit komt,' zegt Sproet dreigend.

'Je kunt op mij vertrouwen. We gaan dit op een heel slimme manier aanpakken. Ik zweer het dat jullie er geen seconde spijt van krijgen. Neem een biertje en relax.'

Spin slaat het bier af en mompelt: 'Ik ga naar huis.'

'Goed, jongen, het was nogal een confronterende avond voor je. Ga jij maar lekker bij je moeder uithuilen. Doe haar de groeten,' antwoordt Kuba.

Spin kijkt hem verbaasd aan, maar vertrekt even later op zijn gammele fietsje.

Kuba staat ook op en zegt: 'Ik ga iets regelen om de spullen te verpatsen. Mazzel.'

Als hij zijn scooter start, ziet hij in de verte Spin de hoek om slaan. Op een veilige afstand rijdt hij achter hem aan.

*Hij gaat eraan. Ik heb hem gewaarschuwd.*

Spin rijdt regelrecht naar het ziekenhuis.

*Hij zal weten dat hij niet met mij kan sollen.*

Spin heeft haast, zo te zien.

De fiets verdwijnt in de fietsenstalling. Pas dan draait Spin zijn hoofd om zijn omgeving te bespieden.

Spin loopt rechtstreeks naar een kamer op de eerste verdieping.

*De sukkel.*

De deur van kamer 121 wordt behoedzaam geopend en weer dichtgedaan.

*Laura van Ravensburger. Dochter van een verrader die het nodig vindt zwarten aan het werk te helpen en die ook nog eens tijdens de opening de held uit wil hangen in zijn patserige auto.*

*Als Spin nu maar niet te lang binnenblijft. Ik moet hem naar buiten lokken. Scooter kan me wel een handje helpen.*

Kuba loopt gehaast de trap af en belt Spins nummer.

Het duurt even voordat hij opneemt.

'Tycho.'

'Hé maatje. Stoor ik? Scooter heeft me gevraagd je te bellen. Er is iets met je moeder. Of je zo snel mogelijk naar haar toe kunt gaan. Of ben je er al bijna? Scooter is al onderweg.'

'Wat is er gebeurd?'

'Dat weet ik niet, maar ik zou maar opschieten als ik jou was.'

Spin zwijgt.

'Nou?'

'Ja, ja, ik ga.'

*Goed zo, jongen. Als je al de kans hebt gehad je vriendinnetje in te lichten, zal ze je na mijn bezoekje niet meer geloven. Sterker nog: ze zal je haten.*

En ja hoor, even later strompelt Spin de trap af.

Kuba loopt terug naar kamer 121.

Hij stopt bij de deur en luistert. Het is doodstil in de kamer.

Zijn drie ferme kloppen laten een galmend geluid achter in de gang.

*Waarom zegt die meid niets?*

Hij duwt de deur open en stapt de kamer binnen.

Ze ligt op haar rug naar haar handen te staren, waarin ze iets glimmends vasthoudt.

'Hallo, mag ik even binnenkomen?' zegt hij op overdreven lieve toon. 'Ik was een goede vriend van Tycho en zag hem een paar minuten geleden toevallig hier naar binnen gaan.'

Ze kijkt hem argwanend aan.

'Sorry, mijn naam is Ron. Is Tycho hier niet meer?'

Ze schudt haar hoofd en zegt: 'Hij is naar zijn moeder.'

Hij loopt naar haar bed en zorgt ervoor dat hij tussen haar en het alarmkastje gaat staan.

'Dat komt goed uit. Ik wil even met je praten over Tycho, als je het goed vindt.'

De ogen van het meisje schieten alle kanten op.

'Ik wil je waarschuwen voor Tycho. Hij is niet wie je denkt dat hij is. Ik weet niet wat hij je heeft verteld, maar zijn plannen met jou en je familie zijn ziek. Het is een foute jongen die je probeert wijs te maken dat hij gedwongen wordt, maar in werkelijkheid is hij de initiatiefnemer. Mijn zusje ligt in het ziekenhuis, daarom ben ik hier, en ik voel me verplicht je te beschermen. Je verdient beter. Breek met hem, vandaag nog. Ik was ook zo stom om zijn leugens te geloven, maar ik wil niets meer met hem te maken hebben nu ik ontdekt heb wat zijn ware aard is. Hij gaat over lijken. Als je zou weten wat hij allemaal gedaan heeft, wens je hem nooit ontmoet te hebben. Vergeet alles wat hij je op je mouw gespeld heeft en denk aan jezelf. Als je het niet doet, word niet alleen jij het slachtoffer, maar zullen ook je ouders gevaar lopen.'

Ze staart hem aan.

'Ik snap dat dit moeilijk voor je is, maar ik kan je nog één ding zeggen: hij heeft een strafblad.'

Het meisje draait nerveus het kettinkje om haar vingers. Ze lijkt behoorlijk onder de indruk van zijn verhaal.

'Oké, ik ga maar weer eens, maar ik meen het heel serieus. Je loopt echt een heel groot risico als je met hem om blijft gaan.'

Hij knikt en het lukt hem net voordat ze iets wil gaan zeggen, zijn begripvolle gezicht tevoorschijn te toveren.

*Wegwezen voordat ze gaat twijfelen.*


## dinsdag 22 april, 21.30 uur

# Spin

*Zelfs mijn eigen broer is niet te vertrouwen.*

Een kwartier na het telefoontje van Kuba had Scooter hem thuis opgewacht. Hij had een warrig verhaal opgehangen over verkeerde medicijnen die zijn moeder had ingenomen. Toen Spin haar had willen zien, had Scooter hem tegengehouden en gezegd: 'Ze slaapt nu eindelijk, dus je laat haar met rust. We gaan naar de schuur. Kuba deelt alvast een voorschot uit.'

Op de vragen die Spin zijn broer daarna had gesteld, was geen enkel antwoord gekomen.

*Het is duidelijk: Kuba heeft Scooter totaal in zijn macht. Het was niet om mijn moeder dat ik naar huis moest komen, maar waarom dan wel? Wist Kuba dat ik naar Laura ging? Is hij me gevolgd?*

Kuba bekijkt hem met een vuil lachje als Spin door zijn broer de rokerige ruimte binnen wordt geduwd.

'Zo, daar zijn ze weer. Alles goed met jullie moeder?' vraagt Kuba.

Voordat Spin iets kan zeggen, antwoordt Sproet: 'Ja, ze slaapt.'
'Mooi zo, dan kunnen we vanavond weer eens met zijn allen wat lol trappen. Vrienden onder elkaar.'
Spins mobiel gaat. Het is Laura.
Hij loopt naar buiten. 'Hallo Laura, goed dat je me belt.'
'Waar ben je?'
'Buiten, bij de schuur.'
'Ik dacht dat je naar je moeder moest?'
'Ja, ik begrijp het ook niet meer. Scooter stond me op te wachten en...'
'Ik wil je niet meer zien.'
Hij kan even geen woord meer uitbrengen.
'Laura, waarom zeg je dit? Wat is er gebeurd?'
Ze zegt niets.
'Luister naar me en hang alsjeblieft niet op. Ik weet niet wat je denkt, maar Kuba zit hier achter. Je moet me geloven. Hij...'
'Laat me met rust.'
'Waarom ben je zo boos op me?'
'Dat weet je zelf ook wel. Hou je maar niet van de domme. Je vriend was hier en hij heeft me alles verteld.'
'Hoezo, welke vriend?'
'Ron.'
'Ik ken geen Ron. Laura, luister naar me. Je moet me geloven dat ik je nooit...'
Ze verbreekt de verbinding.

Hij voelt zich misselijk worden en rent naar het toilet. Het is voor iedereen hoorbaar dat hij moet overgeven. Niemand houdt hem tegen als hij voor de tweede keer naar buiten loopt. Ondanks zijn gammele lijf voert hij zijn fietstempo op. Hij moet na een tijdje stoppen, omdat het zwart voor zijn ogen wordt.
*Ze moet me geloven. Wie is er anders nog om me te helpen?*

Hij voelt in zijn zak en haalt er een handvol gouden en zilveren sieraden uit.

*Weggooien?*

Hij stopt de kostbare spullen terug in zijn zak.

*Ik ga haar alles opbiechten. Al ze me nog wil zien.*

Het is halfelf als hij weer het parkeerterrein van het ziekenhuis op fietst.

De portier kijkt even op als hij uit de draaideur stapt, maar zegt gelukkig niets.

De lift is bezet, maar lopen is een hel.

*Kom op, kom op.*

Eindelijk is hij bij de deur van Laura's kamer.

Hij hoort stemmen binnen.

*Shit, wat nu?*

Om zich heen spiedend legt hij zijn oor tegen de deur.

*Staat de tv aan?*

Met een klamme hand duwt hij de deur een paar centimeter open.

Laura kijkt hem een moment recht in zijn ogen, maar draait zich daarna razendsnel om.

'Mag ik alsjeblieft even binnenkomen?'

Ze reageert niet.

'Je hoeft echt niet bang voor me te zijn. Kuba is bezig me kapot te maken. Het was Kuba die hier was. Ik weet het zeker. Had hij een litteken op zijn wang?'

Ze zwijgt.

Hij sluit de deur achter zich, maar hij durft niet goed dichter bij haar te komen.

'Had hij een zwart Lonsdale-jack aan?'

Ze draait haar hoofd. Haar betraande ogen maken hem zo woedend.

*Die klootzak. Wat heeft hij haar verteld? Heeft ze al niet genoeg ellende gehad? Ik ga hem aangeven. Dan zelf ook maar de bak in.*

131

'Ik had je hier helemaal niet in moeten betrekken,' fluistert hij.

'Daar is het nu te laat voor.'

'Daar heb je gelijk in. Geloof me alsjeblieft. Ik ben geen foute jongen.'

'Heb je een strafblad?'

Hij schrikt van haar vraag.

'Wie zegt dat?'

'Nou, heb je een strafblad of niet?'

'Ja.'

'Wat heb je gedaan?'

'Brandstichting.'

Er lopen nog steeds tranen over haar wangen.

'Laura, ik was tien. Ik heb daarna geen strafbare...'

Hij stopt midden in zijn zin en hinkt naar het bed.

Hij is vreselijk bang dat ze de zuster belt om hem de kamer uit te gooien.

'Heb je je ouders al gesproken?' vraagt hij voorzichtig.

'Nee. Waarom?'

'Beloof me dat je me er niet meteen uit zet en naar me luistert.'

'Ik beloof helemaal niks.'

Ze veegt haar tranen weg en kijkt hem met een kwade blik aan.

'Er is vanavond ingebroken in jullie huis.'

Haar mond valt open. 'Hoe weet je dat?'

Hij loopt onhandig heen en weer. 'Ik was erbij.'

Ze draait zich om en verbergt haar gezicht.

'Ik wist niet dat het jullie huis was. Dat ontdekte ik pas toen ik jouw foto zag, maar toen was het te laat. Kuba heeft me erin geluisd. Hij wist waarschijnlijk van ons en wilde me terugpakken. Het was zo...'

'Hoe kun je zoiets doen? Je bent gestoord. In míjn huis! Wat hebben jullie meegenomen?'

Hij durft niets meer te zeggen.

'Wat?' schreeuwt ze.

'Ik heb alleen jouw tv meegenomen, maar Tis heeft ook laptops, munten, en... ik geloof wat pasjes gejat.'

Ze zoekt naar haar telefoon.

'Wat ga je doen?'

'Wat denk je? De politie bellen natuurlijk.'

'Laura, alsjeblieft. Luister eerst naar mij. De spullen komen wel weer boven water, dat beloof ik je. Maar daarmee zal Kuba niet opgepakt worden. Ik heb geen harde bewijzen. Mijn broer en ik zullen in de gevangenis belanden.'

Hij vecht tegen zijn tranen.

'Hoe kun je zo stom zijn!' roept ze.

'Ik weet het niet. Ik wilde geld hebben om voor mijn moeder te kunnen zorgen. Verder niks, maar als je eenmaal 'ja' hebt gezegd, laten ze je nooit meer met rust. Het ergste vind ik nog dat ik jou ook in deze ellende heb betrokken. En je ouders.'

*Van Ravensburger. O nee. De naam stond in het schrift van Kuba. Ja, onder de naam burgermeester en het lid van de koninklijke familie stond het: Van Ravensburger. Ze lopen gevaar.*

'Ik weet echt niet meer wat ik moet geloven. En ik maar denken dat je me leuk vond.'

'Dat is ook zo. Ik vind je heel erg leuk.'

*Ik kan nu niet ook nog eens zeggen dat haar ouders gevaar lopen.*

'Ik weet het niet meer, Tycho. Hoe kan ik je nog vertrouwen? Straks doe je me echt nog iets vreselijks aan.'

Haar woorden doen hem pijn.

'Ik snap dat je twijfelt, maar geef me een kans. Geef me één kans om me te bewijzen. Ik wil best boeten voor wat ik fout heb gedaan, maar Kuba mag hier niet ongestraft mee wegkomen. Laura, behalve jou heb ik niemand. Ik denk de hele dag aan je.'

Ze legt haar mobiel weg en sluit een moment haar ogen.

Heel voorzichtig pakt hij haar hand beet.

'Laura, geloof je me?'

Haar blauwe ogen kijken dwars door hem heen.

'Ik ben ontzettend stom, maar ik geloof je.'

Hij zou haar zo graag kussen, maar voelt zich superonzeker. Heel even raakt hij haar wang aan om de achtergebleven traan weg te vegen.

'Kun je me beloven dat je vanaf nu eerlijk tegen me bent?'

Hij knikt, legt zijn hoofd op haar arm en vergeet een moment zijn ellende.

'Waar zijn die gestolen spullen nu?'

'In een schuur van boer Willem, als ze niet al verhandeld zijn.'

Hij steekt zijn hand in zijn zak en betast de sieraden.

'En ik heb dit nog niet ingeleverd.'

Hij heeft twee handen nodig om alles te laten zien.

'Gek, weet je wel wat je daar allemaal in je handen hebt? Mijn moeder krijgt een hartaanval. Je moet het teruggeven.'

'Hoe dan? Weer inbreken en het terugleggen?'

'Geef het aan mij.'

'Nee, dat is veel te gevaarlijk. Jij moet hier buiten blijven. Ik doe het op de post.'

'Hebben jullie mijn vaders laptop ook meegenomen? Dan gaat hij helemaal door het lint. Alle zakelijke informatie staat erop.'

'Ik ben bang van wel.'

'Tycho, als je nu naar de politie gaat, kom je er misschien met een lichte straf van af.'

'En Kuba vrij laten rondlopen?'

'Je kunt toch wel op een of andere manier bewijzen dat hij degene is die jou tot dit alles dwingt? Die andere jongens kunnen toch ook tegen hem getuigen?'

'Dat doen ze nooit. Zelfs mijn eigen broer laat me vallen. Ik moet bewijsmateriaal verzamelen: gesprekken opnemen, foto's maken, maar ik heb nog maar een paar dagen voordat Kuba toeslaat. Hij gaat mij gebruiken. Ik weet nog niet hoe, maar in het schrift stond daar een opmerking over.'

'Wat stond er nog meer in dat schrift?'

'Van alles over mij, over Scooter, over explosieven en letters en cijfers.' De combinatie schiet hem plotseling weer te binnen. 'LA1804, de eerste letters van jouw naam, achttien nul vier, de dag waarop we elkaar hebben leren kennen.'

Ze kijkt hem fronsend aan. 'Waar is dat schrift nu?'

'Weg, daar heeft Kuba voor gezorgd. De foto's die ik van de teksten heb gemaakt, zijn mislukt.'

'Wanneer zie je hem weer?' vraagt ze.

'Morgenmiddag. Kuba gaat een soort persconferentie geven. Dat is mijn kans om zijn woorden op te nemen.'

'Wat weet je al over maandag?'

*Eerlijk zijn? Nee, ze krijgt een beroerte.*

'Laura, ik durf het niet te zeggen, maar ik wil eerlijk zijn.'

Ze kijkt hem vragend aan.

Hij schraapt zijn keel. 'De namen van je ouders staan op het lijstje van eventuele slachtoffers.'

Ze schudt haar hoofd en hapt naar adem.

'Hoe kun je zoiets verzwijgen? Mijn ouders... We kunnen niet wachten, Tycho. Ik kan dit niet. Mijn eigen ouders! Nee, dat kun je niet van mij verlangen.'

'Zover komt het echt niet. Ik beloof je dat ik vóór de opening van het centrum mezelf ga aangeven bij de politie, bewijs of geen bewijs. Maar geef me alsjeblieft een kans. Ik ga morgenmiddag, als Kuba zijn plannen uitlegt, het gesprek opnemen. Daarna ga ik direct naar de politie als ik iets heb. Het moet lukken als hij zijn plannen uit gaat leggen. Laura, ik ben echt eerlijk. Op dit moment lopen je ouders geen gevaar.'

'Ik weet het niet, Tycho. Het maakt me allemaal zo bang.'

# Kuba

Hij had zich gisteren helemaal klem gezopen en was met zijn kleren nog aan op de bank in de schuur in slaap gevallen.

Ongewild moet hij aan Lena denken. Het is een terugkerend iets: als hij zich beroerd voelt heeft hij behoefte aan iemand die aardig voor hem is, hem verwent en niet aan zijn kop zeurt.

*Alleen zwakkelingen zoeken troost bij een vrouw.*

*Nog twee dagen. Nou ja, die sukkels gaan ervan uit dat het nog vijf dagen duurt. Het enige wat ik nog moet regelen is het toegangspasje voor het centrum dat Sproets vader heeft, maar dat ga ik hem pas op het laatste moment vragen.*

Moeizaam sleept hij zich naar het toilet.

*Spin was er ook beroerd aan toe gisteren. Ach wat zielig. Zijn vriendin-netje heeft hem natuurlijk de bons gegeven. Scooter werkt gelukkig goed mee om Spin precies te laten doen wat nodig is en hij houdt zijn broer-tje heel goed in de gaten. Zeker nadat ik Scooter extra geld heb beloofd om nog langer in het buitenland te kunnen vertoeven. Ik kan me heel goed voorstellen dat ook hij weg wil uit Nederland. Geen diploma, geen baan en een moeder die gek is.*

Hij trekt door en laat zich weer op de bank vallen.

*Het komt nu wel erg dichtbij.*

Hij haalt zijn portemonnee tevoorschijn en bekijkt zijn ticket: Brussel-Paramaribo.

*Ik spoor eigenlijk ook niet. Ga ik daar straks tussen die zwarten chillen.*

Met klem had hij Scooter bevolen zijn broertje vrijdagavond mee te nemen.

*Tis en Sproet zijn geen probleem. Die slaan nooit een feestje over. Het wordt Spin zijn laatste avond als vrij man.*

Dat had hij maar niet aan Scooter verteld.

*Hoe zullen mijn ouwelui reageren als ik echt uit hun leven verdwijn? Waarschijnlijk zijn ze opgelucht. Weer een zorg minder.*

*En Lena? Niks Lena.*

*Over een kleine zestig uur zal het hele dorp, behalve die omhooggevallen eikels dan, blij zijn dat die zwarten geen onderkomen meer hebben en moeten uitwijken naar de andere kant van het land. Eigenlijk verdien ik een standbeeld.*

Hij loopt naar de kraan en drinkt zoveel dat zijn droge keel weer normaal voelt.

*Vanmiddag ga ik het geld van de broertjes Van den Broek innen. Om vier uur komen de anderen om alles van voren af aan door te nemen. Ik moet van tevoren een paar punten opschrijven zodat ik geloofwaardig overkom en mijn mond niet voorbijpraat.*

Sproet verschijnt onverwachts voor het raam.

*Wat moet hij nu hier?*

Het gehavende gezicht van Sproet zorgt ervoor dat hij in één klap nuchter is.

'Sproet, wat zie je eruit. Wie heeft dat gedaan?' roept hij.

Sproet kan amper uit zijn ogen kijken. Zijn lip bloedt en zijn wang is blauw.

'Mijn vader,' zegt hij geëmotioneerd.

'Wat? Heb je je door hem zo toe laten takelen? Wat bezielt die man?'

'Ik maak hem af,' is het enige wat Sproet zegt.

'Waarom, man?'

'Hij moest me zo nodig weer vernederen door me in een volle kroeg een zielige pedofiel te noemen. Ik was zo stom om hem te wijzen op het feit dat zijn eigen vrouw het ook graag met jonge jongens doet.'

'Zak, heb je mijn naam genoemd?'

'Nee man, voordat ik dat kon doen begon hij zijn vuisten al in mijn gezicht te slaan. Ik maak hem helemaal kapot.'

'Ga zitten, vriend. Ik zorg ervoor dat hij je nooit meer kan beledigen. Ik beloof het je: als jij je volledig inzet voor actie Zwart, heb je geen problemen meer met die vent. Je kunt het je niet permitteren nog een keer opgepakt te worden, dus je kunt het beter aan mij overlaten. Ik zal hem straks verrassen. Je bent mijn maat en maten helpen elkaar. Ben je bij de huisarts geweest?'

'Nee,' stamelt Sproet.

'En Lena? Weet zij hiervan?'

'Nee, ze was er niet bij en ik durf haar niet onder ogen te komen.'

'Ik regel het voor je. Over een paar dagen zie je er weer normaal uit en heb je een flinke bonus te pakken. Waarom blijf je niet hier slapen, dan hoef je die klootzak niet onder ogen te komen.'

Sproet knikt en wrijft over zijn wang.

'Je moet er iets kouds tegenaan houden. Bier of zo.'

Hij loopt naar de koelkast en haalt er een flesje uit.

'Het komt goed, jongen. Die ouwe zal je met geen vinger meer aanraken.'

## woensdag 23 april, 14.00 uur

## Laura

*Hoe kunnen ze nu van mij verlangen dat ik eerlijk ben over mijn gevoelens? Ik kan mijn belofte aan Tycho toch niet breken?*

Tycho had haar een uur geleden nog gebeld.

*Als het nu maar lukt het gesprek op te nemen. Hij klonk zo nerveus.*

Ze had hem moed ingesproken en hij had beloofd haar op de hoogte te houden.

*Anders moet ik de politie inlichten.*

Ze krijgt buikpijn van het idee.

De psycholoog had vanmorgen haar zorgen uitgesproken over de geringe vorderingen die Laura had gemaakt. 'Als je niet gemotiveerd bent om te gaan lopen, gaat het je voorlopig ook niet lukken. Vanavond wil ik je zelfstandig op je benen zien staan,' had ze bijna verwijtend gezegd.

*Niet gemotiveerd! Als er iemand gemotiveerd is, ben ik het wel.*

Ze duwt haar benen over de bedrand en voelt het zeil onder haar voeten. Ze zet zich af en even lijkt het erop of ze op eigen kracht rechtop kan staan, maar ze valt weer terug op haar bed.

*Ik kan het.*

Weer spant ze haar spieren zo goed mogelijk aan en duwt ze zichzelf overeind.

Pas na een tiental seconden beseft ze dat ze staat. Nog niet helemaal los, maar ze draagt haar eigen gewicht.

*Zie je wel. Yes, ik kan het.*

Ze schrikt als haar moeder plotseling binnenkomt.

'Meisje, wat fantastisch. Hoe is je dat gelukt?'

In plaats van blij te zijn, rollen er tranen over Laura's wangen.

'Ach, waarom huil je nu?'

Ze haalt haar schouders op en laat zich op haar bed vallen.

'Dat weet ik ook niet.'

Haar moeder haalt een tijdschrift uit haar tas en legt het op het nachtkastje. 'Dit krijg je van Mirte. Ze moest met papa nog allerlei formulieren invullen. Het is zo'n toestand. De rekeningen moeten bij de bank geblokkeerd worden. Er moeten nieuwe sloten in de deuren worden gezet. En weet je wat ze ook hebben meegenomen? De vliegtickets. Het hele huis is doorzocht op vingerafdrukken. Er zijn een paar handschoenen achtergebleven en er is een kleine kans dat ze daarmee de da-

der kunnen opsporen. Zeker als hij al bekend is bij de politie.'
*Gelukkig is mama minder hyper dan gisteravond, toen ze half huilend had opgebeld om haar op de hoogte te stellen van de inbraak.*
Laura ziet steeds het smekende gezicht van Tycho voor zich en slikt alle woorden en tranen in.
*Hoe kan ik nu mijn bloedeigen ouders gevaar laten lopen voor een jongen die ik amper een week ken!*
Haar moeder gaat weer verder met haar monoloog. 'Van jouw spullen is gelukkig niet veel weg. Voor zover we kunnen zien alleen je tv. Het is zo gek, maar je spaarpot en je laptop hebben ze laten staan.'
'Wil je mijn laptop voor me meenemen? Dan kan ik mailen,' onderbreekt Laura haar moeder.
'Natuurlijk. De politie denkt trouwens dat de daders bekenden zijn. Alleen het idee al. Misschien komen ze terug, willen ze nog meer van ons.'
Ja, jullie lopen groot gevaar, zou ze willen schreeuwen, maar ze zwijgt.
'Ik zou er alles voor overhebben als ik de armband van oma terug zou kunnen krijgen. Papa is alleen maar bezig met de spullen voor zijn zaak. Ik snap het wel, het is zijn levenswerk.'
'Alsof dat het allerbelangrijkste is,' flapt Laura eruit.
Haar moeder kijkt haar niet-begrijpend aan. 'Weet je wat hij daar allemaal voor heeft gedaan?'
'Niets meer dan jij al die jaren voor ons hebt gedaan. Altijd draait alles om papa's werk. Je moet eens meer aan jezelf denken.'
Haar moeder weet zich duidelijk geen raad met het advies en snijdt een ander onderwerp aan.
'Heb je nog bezoek gehad?'
'Ja, van de arts, de neuroloog en de psycholoog. Mama, ga je ook naar de opening van het asielzoekerscentrum?'

'Ja, we hebben een officiële uitnodiging gehad voor aanstaande maandag. Ik denk dat je vader erop staat dat ik meega. Er komen allerlei belangrijke mensen.'
'Hoe gaan jullie erheen?'
'Gewoon met de auto, denk ik. Waarom vraag je dat? Wat is er Laura, je doet zo raar.'
'Niks, er is niks. Gaat Mirte ook mee?'
Haar moeder haalt haar schouders op.
'Heb je nog wat gehoord van die leuke jongen uit je klas?'
'Nee, en wat als ik dat wel had?' antwoordt ze kortaf.
'Laura, doe geen gekke dingen. Je weet dat je vader, tja, hoe zal ik het zeggen, niet altijd redelijk reageert. Je kunt mij alles vertellen, dat weet je toch?'
'Ja, dat weet ik. Ik heb die jongen niet meer gezien. Ik wil maandag ook mee naar die opening.'
'Maar schat, ik weet niet of dat gaat. Je benen...'
'Er is niks met mijn benen. Het zit allemaal in mijn hoofd. Als ik wil, kán ik lopen.'


## woensdag 23 april, 16.00 uur

# Spin

Zijn hand trilt wanneer hij zijn vinger op het opnameknopje van zijn mobiel legt en naast Kuba op de bank gaat zitten.
Iedereen is er. Wat er met Sproet is gebeurd, is een raadsel.
*Dat hij tegen een deurpost is gelopen, gelooft natuurlijk niemand.*
Kuba heeft een dichtgevouwen blaadje voor zich liggen, steekt een sigaret op en neemt het woord.
'Oké...'
*Nu.*

141

Zijn handen zweten, maar hij is er zeker van dat hij het opnameknopje indrukt.

'Over vijf dagen is het zover. Allereerst wil ik jullie nog een keer uitnodigen voor het feest op vrijdagavond. Ik heb echt iets heel gaafs in petto, en nog een zakcentje uit te delen, dus zorg dat je er bent. Dan de dag zelf. We moeten het met zijn allen doen. Zoals ik al eerder heb gezegd: ik neem de verantwoordelijkheid. Jullie weten alleen het hoognodige, ook al is Sproet het daar misschien niet helemaal mee eens.'

'Het o-o-officiële p-p-programma van de dag stond gisteren in de krant. W-weet je hoeveel mensen ze v-v-verwachten?' vraagt Tis.

'Ik ken het programma uit mijn hoofd en weet dus precies waar en wanneer we toe moeten slaan,' antwoordt Kuba licht geïrriteerd.

Spin duwt zijn hand krampachtig op zijn mobiel.

*Ik zou nu concrete vragen moeten stellen, maar dat valt zo op.*

'We verzamelen om twaalf uur bij De Lokvogel. Dat ligt mooi op de route naar het viaduct.'

'Wie legt de spullen klaar en wie van ons gaat gooien?' vraagt Sproet.

'Wat heb ik je gezegd? Niet te veel willen weten. Stenen gooien is een van de opties. Ik heb veel aanslagen bestudeerd en kan jullie zeggen dat vrijwel altijd pas op de dag zelf bepaald kan worden wat de meest effectieve manier is om toe te slaan.'

'Aanslagen, wat bedoel je daarmee?' vraagt Sproet nerveus.

*Kuba moet details geven.*

'Niks, reageer toch niet altijd zo achterdochtig. Ik heb me goed voorbereid, dat wilde ik daarmee zeggen.'

'L-l-laat Kuba even uitpraten,' roept Tis.

'Dank je. Jullie hebben vanaf het viaduct de vluchtroute bestu-

deerd, maar ik heb een beter plan. Ik zorg ervoor dat er een auto klaarstaat en breng jullie heel snel naar een veilige plek.'
'Het zal erg druk zijn en een chaos worden en daar gaan we gebruik van maken. We maken nog even een omweg naar het asielzoekerscentrum, want zeg nu zelf, jongens: wij willen dat gebouw toch niet in ons dorp?'
'W-w-wat g-g-gaan we daar doen?' stottert Tis.
'Iets heel moois, Tis. Iets heel moois, door één eenvoudige handeling zal onze droom verwezenlijkt worden. Maar ik heb alweer te veel gezegd. Zorg dat je geen opvallende kleding draagt, je mobiel is opgeladen en je je identiteitskaart thuis laat.'
'Gaan er s-s-slachtoffers vallen?' vraagt Tis.
Kuba neemt een slok van zijn bier en zegt daarna zelfverzekerd: 'Je moet het zo zien: als wíj dit niet doen, gaan er zeker slachtoffers vallen. Wie wil er pizza, ik ga wat bestellen.'
Tis springt overeind en roept: 'Doe mij maar een p-p-pizza margharita.'
Spin drukt op de opnameknop.
*Shit, dit is waarschijnlijk onvoldoende informatie.*
'Ik eet thuis bij mijn moeder,' zegt hij en hij staat aarzelend op.
'Heb je alles goed in je oren geknoopt? Vrijdag is het feestje. Dan zal ik de puntjes op de i zetten. Heb je hier geen waardevolle spullen meer liggen? Je weet het maar nooit wanneer ze de boel komen platgooien.'
'Nee, niets,' kan Spin nog net uitbrengen en hij loopt zo snel mogelijk naar buiten. Het verbaast hem dat ze hem laten gaan en dat de anderen zo rustig blijven bij het idee dat de schuur waarschijnlijk wordt afgebroken.
Als hij in de Beethovenlaan is, stopt hij. Hij wordt niet in de gaten gehouden, maar twijfelt of hij de opname zal beluisteren. Zijn nieuwsgierigheid wint.

Hij herhaalt enkele woorden: 'Twaalf uur in De Lokvogel, aanslag, daarna met de auto naar het centrum.'

Nadat hij er echt zeker van is dat hij niet gevolgd wordt, belt hij Laura.

'Hallo Tycho, waar ben je?' vraagt ze nerveus.

'Ik kom net bij de schuur vandaan en ben op weg naar mijn moeder.'

'Is het gelukt?'

'Ja, maar ik weet niet of het voldoende is. Laura, ik móét Kuba tegenhouden. Het lijkt erop dat hij een aanslag voorbereidt. Straks gaan er echt nog heel veel onschuldige slachtoffers vallen. Ik kom vanavond naar het ziekenhuis en dan vertel ik je alles. Dag liefje.

*Ik moet de politie overtuigen. Vanavond? Ja, het moet vanavond.*

Hij haast zich naar huis. Zijn moeder zit in haar pyjama op de bank. Ze staart naar haar handen en kijkt hem niet aan als hij naast haar op de bank gaat zitten.

'Wat is er, mama?'

'Ik heb geen medicijnen meer en voel me steeds slechter.'

'Heeft Scooter ze niet opgehaald? Shit, hoe lang hebt u ze al niet ingenomen?'

'Sinds gisteren.'

'Heeft Scooter geld klaarliggen?'

'Ik weet het niet.'

Hij rent naar boven en doorzoekt Scooters kamer.

*Waar bewaart hij dat rotgeld?*

In een van de laatjes van een kast vindt hij drie briefjes van honderd. Hij grijpt een biljet, sluit de la en loopt weer naar beneden.

Zijn moeder ademt heel snel en hapt naar lucht.

'Rustig, mama, het komt goed. Ik fiets naar de apotheek. Hebt u al iets gegeten?'

Ze wiegt heen en weer en lijkt hem niet meer te horen.

# woensdag 23 april, 17.00 uur

## Kuba

Lena had hem een kwartier geleden verteld dat haar man thuis was.

*Mooi zo, dan kan ik die agressieve dronken lor eens flink aanpakken.*

Het huis van Sproet ligt op nog geen halve kilometer van De Lokvogel.

Hij parkeert zijn scooter op het trottoir en loopt zelfverzekerd naar de voordeur. Nadat hij twee keer heeft gebeld, wordt de deur opengemaakt.

Met een bierfles in zijn hand staart de vader van Sproet hem laveloos aan.

'Kuba?' is het enige woord dat uit zijn stinkende mond komt.

'Kan ik even binnenkomen?'

De ouwe knikt en loopt de gang in.

*Jezus, dat Lena dit volhoudt.*

In de woonkamer hangt een muffe geur. De man gaat op de bank zitten en negeert alles en iedereen om zich heen.

'Sproet was net bij mij.'

Geen reactie.

'We gaan aangifte doen bij de politie.'

Dit keer richt de man zich op en kijkt hem behoorlijk geschrokken aan.

*Mooi zo.*

'Dat gaat je je kop kosten. Weet je dat je gevangenisstraf riskeert als je je kind opzettelijk mishandelt? En wat dacht je van de reputatie van De Lokvogel?'

145

De man schudt zijn hoofd. 'Ik weet niet wat me bezielde. Het zal niet meer gebeuren.'

'Zo gemakkelijk kom je er niet van af. Je gaat boeten voor je gestoorde gedrag.'

'Jongen, laat me met rust. Het was fout, maar het gebeurt niet meer,' antwoordt de man bijna onverstaanbaar door zijn dubbele tong. Hij staat op en wankelt de kamer uit.

*Wat gaat die gek doen?*

Het blijft akelig stil.

*Gaat hij ervandoor?*

Kuba loopt naar de deur waar de man door is verdwenen en schopt hem open.

Niemand.

Dan wordt er een deur met een klap dichtgegooid.

Hij haast zich naar de achterdeur en ziet de man naar zijn auto strompelen.

'Heel dom, zo maak je het alleen maar erger. Luister, ik ben de slechtste niet en wil Lena deze ellende besparen. Er is een mogelijkheid om je kop te redden. Als je me morgen duizend euro geeft, zal ik ervoor zorgen dat Sproet zijn aanklacht intrekt.'

Er verschijnt een lach op het gezicht van de man. 'Duizend euro? En jij denkt dat ik dat zo even op kan hoesten?'

'Ja, ik weet zeker dat je een aardig centje vangt voor de drankbevoorrading van het centrum.'

De vent heeft het lef om een wegwerpgebaar te maken.

'Dan niet. Ga je toch gewoon lekker de bak in,' is Kuba's antwoord en hij maakt aanstalten om naar zijn scooter te lopen.

'Wacht, ik kan misschien zorgen voor een paar honderd euro,' roept de man.

'Duizend, morgen. Ik kom het ophalen. Geen woord erover, ook niet tegen Sproet, anders geef ik je alsnog aan. O ja, en ik stel voor dat ik je morgenmiddag help om de spullen te instal-

leren. Sproet kan zich beter niet laten zien in het asielzoekerscentrum met zijn verbouwde gezicht.'

De man mompelt iets onverstaanbaars.

'Hoe laat ga je?'

'Van drie tot zes heb ik toegang tot het centrum.'

'Ik ben om halfdrie hier. Zorg dat je het geld en een pasje voor
me hebt.'

*Het blijft leuk om van andermans leed te profiteren.*

De broertjes Van den Broek hadden hem vandaag maar liefst
tweeduizend euro geboden voor de gestolen waar.

*Alles bij elkaar is het voldoende om een lange tijd weg te blijven. Jam-
mer dat de creditkaart van Van Ravensburger al geblokkeerd was.*

*Nog twee dagen. Mocht Spin het gore lef hebben om de politie in te lich-
ten, dan komen ze te laat, veel te laat. Vrijdag laat ik ze eerst wat bier
drinken om hun stemming te beïnvloeden en dan gaat het echte werk beginnen. Wat heeft Spin echt over voor zijn broer? Veel, ik weet zeker dat
Spin meewerkt als ik een pistool op dat mooie koppie van Scooter zet. Ik
neem een taxi naar Brussel en verdwijn net zoals die zwarten de lucht in,
maar dan wel naar een tropisch paradijsje.*

*De komende dagen moet ik de anderen ervan overtuigen dat het beter is
om ons tot vrijdag rustig te houden. Ik moet ze in de waan laten dat ik
vervanging voor de schuur regel. Morgen moet ik de jongens zeker niet
in mijn buurt hebben. De doos arriveert om twaalf uur. Als ze weten wat
daarvan de inhoud is, zullen ze alsnog afhaken.*

## woensdag 23 april, 17.30 uur

# Spin

Hij fietst zo snel mogelijk met de pillen naar huis en treft zijn
moeder nog in precies dezelfde houding op de bank aan.

'Ik heb ze,' zegt hij en hij drukt een van de pillen uit de strip. Dan haast hij zich naar de keuken om een glaasje water te halen.

Ze stopt de pil in haar mond en met een trillerige hand probeert ze het glas aan haar lippen te zetten.

Hij helpt haar en streelt haar even over haar hoofd.

'Het komt goed, mama, ik zal ervoor zorgen. Ga maar lekker naar bed. Kom, ik help u.'

Samen strompelen ze de trap op. Hij helpt haar bij het uittrekken van haar schoenen en stopt haar daarna in. Ze sluit haar ogen en knijpt in zijn hand.

'Mama, ik ben nog even weg, maar bel me als u me nodig hebt.' Ze knikt.

Hij is blij dat niemand getuige is van de huilbui die hij daarna krijgt.

Als hij zijn mobiel tevoorschijn haalt om Laura te bellen, ziet hij dat ze een bericht heeft achtergelaten.

*Lieve Tycho*
*Waar ben je?*
*Ik stik van de zenuwen.*
*Kom vanavond please.*
*Laura*

Hij kijkt op zijn horloge. Halfzes.

*Lieve Laura*
*Ik ben om 6 uur bij je.*
*Tycho*

Hij trekt een schoon shirt aan en wast zijn gezicht. Iedereen kan zien dat hij gehuild heeft. *Pech.*

Zijn maag knort, maar hij gunt zichzelf geen tijd om iets te eten.

Uitgeput komt hij een halfuur later bij het ziekenhuis aan.

Laura zit op bed. Hij loopt naar haar toe en pakt haar hand beet. Dat hij weer moet huilen, kan hem niets meer schelen. Ze zegt niets, laat zijn hand los en streelt over zijn rug.

'Laura, ik ben zo bang. Ik heb het idee dat ik afgeluisterd word, dat ze me overal bespieden, dat ze jou of mijn moeder zullen pakken. Waarom is alles zo ontzettend klote?'

'Rustig, het komt goed. Ik heb bedacht dat we samen een weekendje weggaan als alles straks achter de rug is. Ben je wel eens in Parijs geweest?' fluistert ze.

Hij zucht en kijkt haar aan. 'Nee, maar zou je daar echt met mij naartoe willen gaan? Na alles wat ik je heb aangedaan?'

'Ja, ik wil met jou langs de Seine lopen en de Eiffeltoren beklimmen.'

'Dan moeten we wel iets beter uit de voeten kunnen,' zegt hij.

'Geloof me, dat gaat gebeuren. Mag ik nu de opname horen?' Hij veegt zijn tranen weg, pakt zijn mobiel en even later luistert Laura aandachtig naar het gesprek.

Ze knikt een paar keer. 'Hoe kunnen die andere jongens meewerken aan zoiets afschuwelijks? Die Kuba is een gestoorde gek. Dit moet nu stoppen. Deze informatie lijkt me voldoende.'

'Maar geloven ze dat het Kuba is?'

'Misschien niet meteen, maar ik ben ervan overtuigd dat ze geen risico's willen lopen en de zaak heel serieus zullen nemen.'

'Moet ik dan alles opbiechten? Dan ga ik zelf ook voor lange tijd de bak in. Mijn moeder zal instorten als dat gebeurt. Nee, dat kan ik niet.'

'Probeer het alsjeblieft. De politie zal je waarschijnlijk niet straffen als je alles vertelt. Kuba heeft je gedwongen. Je hebt geen keuze. Er gaan slachtoffers vallen, mijn vader en moe...'

'Nee, dat gaat niet gebeuren. Ik heb het je beloofd.'

'Ik wou dat ik met je mee kon gaan. Zodra ik weer kan lopen, ga ik je helpen, ook met je moeder.'

'Denk je dat ik vanavond nog terecht kan?'

'Ja, je zegt dat je belangrijke informatie hebt over een geplande aanslag op het asielzoekerscentrum. Dat je bewijzen hebt en dat je wilt dat ze de verantwoordelijke persoon, Kuba dus, oppakken. Je weet wanneer en waar hij toe wil slaan, je hebt daarnaast ook nog de gegevens uit het schrift die ze kunnen controleren. Geloof me, Tycho, het is echt het beste. Als ik er niet van overtuigd was dat je ongestraft blijft, zou ik je niet laten gaan.'

Hij legt zijn hoofd op haar benen en voelt even later haar mond op zijn oor.

## woensdag 23 april, 20.30 uur

# Laura

Vriendinnen die belden om te vragen wanneer ze langs konden komen, had ze laten weten dat ze het te druk had met de onderzoeken. Haar ouders en Mirte had ze natuurlijk niet kunnen weigeren en ze had een uur lang naar hun zielige gejammer over de gestolen spullen geluisterd.

*Alsof hun leven afhangt van een computer, een armband, een paar messen of kandelaars.*

Ze had de klaagzangen aangehoord, maar was met haar gedachten bij Tycho en haar voornemen om de politie te bellen zodra haar ouders weggingen.

*Als ik weer stevig op mijn benen kan staan, ga ik mijn ouders en Mirte eerlijk vertellen wat ik echt van ze vind, wat me dwarszit.*

Tycho was constant in haar gedachten geweest en ze was dan ook blij dat haar ouders en zus na een uur waren weggegaan.

Ze toetst het nummer van het politiebureau in.

'Bureau Rimkensveer, met brigadier Smeds.'

Met Laura van Ravensburger. Ik zou graag met iemand spreken over criminele acties die worden voorbereid tegen de komst van het asielzoekerscentrum.'

'Criminele acties?'

'Ja.'

'Momentje, ik verbind u door.'

Een paar seconden later is er weer een stem te horen.

'Met hoofdagent Latour. Waarmee kan ik u van dienst zijn?'

'Dag, met Laura van Ravensburger. Ik wil u graag vertellen dat er een aanslag wordt voorbereid op het asielzoekerscentrum. Mijn vriend Tycho wordt gedwongen hieraan mee te werken.'

Het blijft even stil.

'Mag ik vragen wat uw relatie tot deze jongen is en hoe u aan deze informatie komt?'

'Tycho is mijn vriend. Ik heb hem overgehaald om de politie te waarschuwen, maar hij is enorm bang dat Kuba, de leider van de groep, hem of zijn familie iets aan zal doen.'

'Heeft hij concrete informatie over de actie? En weet u wie hem chanteert?'

'Kuba heet hij. Tycho heeft een opname met bewijsmateriaal.'

'Hebt u die opname zelf gehoord?'

'Ja, en er is meer bewijsmateriaal.'

'Mag ik uw gegevens noteren voor het geval we meer informatie van u nodig hebben en uw vriend zich bedenkt?'

Ze geeft haar adres, telefoonnummer en geboortedatum.

'Bent u familie van de heer Peter van Ravensburger?'

'Ja, ik ben zijn dochter, maar u moet me beloven hem niets van dit gesprek te vertellen. Ik heb Tycho gezworen mijn mond te houden.'

'Loopt u zelf op dit moment geen gevaar?'

'Nee. Alsjeblieft, u moet geloven dat Tycho niet fout is.'

'Het is goed dat u me hebt gebeld. Ik zal uw vriend opvangen en hem zo goed mogelijk helpen. Het is heel verstandig van u dat u de politie inlicht. Ik geef u mijn rechtstreekse nummer. U kunt me altijd bellen.'

Laura noteert de cijfers op haar hand. 'Oké, dank u.'

Ze voegt het nummer toe aan haar contactenlijst en pas als ze haar mobieltje weglegt, voelt ze hoe klam haar handen zijn.

*Ik zou zo graag bij Tycho willen zijn om hem te helpen. Stel je voor dat hij zich inderdaad bedacht heeft of Kuba en zijn vrienden hem hebben opgewacht bij de uitgang van het ziekenhuis en hem ergens vasthouden om hem de mond te snoeren?*

Ze zwaait haar benen over de bedrand. De vloer voelt koud onder haar voeten.

*Er is niets mis met mijn benen.*

Ze houdt zich vast aan haar nachtkastje en duwt zichzelf overeind.

*Ik moet Tycho helpen.*

Haar benen trillen, maar ze houdt vol en ze staat.

*Yes, yes, yes.*

Het zweet breekt haar aan alle kanten uit, maar ze staat op haar eigen benen.

Ze zet haar rechtervoet een paar centimeter vooruit en zoekt opnieuw haar evenwicht. Dan haar linkervoet.

Haar mobieltje gaat.

*Tycho! Niet ophangen.*

Te laat.

# donderdag 24 april, 10.30 uur

# Kuba

Het is halfelf als hij zijn scooter naast de garage van zijn ouderlijk huis parkeert. De auto van zijn ouders is er niet.

*Dat komt goed uit.*
Hij loopt naar de voorkant van het huis en met zo weinig mogelijk geluid opent hij de voordeur. Het is inderdaad doodstil. *Als die lui nu maar wel op tijd zijn met hun spullen. Ik heb tijd nodig om de gebruiksaanwijzing goed door te lezen.*
Er waren vanmorgen al enkele bouwvakkers in de schuur op bezoek geweest om te vertellen dat het gebouwtje om drie uur gesloopt zou worden. *Ze doen maar. Ik ben er toch niet.*
Hij had Sproet de opdracht gegeven alle waardevolle spullen in een van de schuren van boer Willem te zetten. Over de kist met geld had hij zich natuurlijk zelf ontfermd. In totaal heeft hij na aftrek van alle kosten zo'n slordige tienduizend euro over. *Daar kan ik de anderen vrijdagavond wel een zakcentje van geven. Maar of ze er nog iets mee kunnen doen?*
Het idee dat hij over een uurtje in het bezit is van een paar pakketjes die het hele dorp en waarschijnlijk daarna heel Nederland wakker zullen schudden, geeft hem een machtig gevoel. *Het spul laten ontploffen is levensgevaarlijk. Maar daar heb ik Spin voor. Hopelijk is zijn enkel dan voldoende hersteld, want hij heeft niet meer dan paar seconden om het gebouw uit te komen. Het is me nog niet helemaal duidelijk hoeveel mensen er dan aanwezig zullen zijn. Ach, wat maakt het uit? Het gebouw wordt in ieder geval onbewoonbaar.*
Een zwarte Mercedes stopt voor het huis. Een jongeman stapt uit en loopt de stoep op.
Nog voordat hij heeft aan kunnen bellen, opent Kuba de deur.
'Goedemiddag, ik heb een bestelling voor Van Dam,' zegt de jongen.
'Dat ben ik,' antwoordt Kuba en hij loopt met de jongen mee terug naar de auto.
De achterklep gaat omhoog en de jongen tilt er een voor het oog normaal uitziende doos uit.

'Heb je het geld?' vraagt hij.

'Kuba haalt de envelop uit de binnenzak van zijn jasje en geeft hem aan de jongen.

'Oké, precies wat we hebben afgesproken. Het is eerste kwaliteit spul, je kunt er een flatgebouw mee opblazen. De gebruiksaanwijzing zit erbij.' Hij legt de doos op Kuba's onderarmen.

De jongen kijkt snel nog een keer om zich heen en zegt: 'Goed, we hebben elkaar nooit gezien. Succes.'

Kuba loopt naar de schuur en zet de doos op de werkbank. Met zijn mes snijdt hij de dikke tape door en behoorlijk zenuwachtig opent hij de doos. De gebruiksaanwijzing ligt bovenop, daaronder herkent hij de met bruine tape omwikkelde pakketjes van de afbeeldingen op internet. Het ontstekingsmechanisme zit zorgvuldig in bubbeltjesplastic gerold.

*Goed spul. Heel goed spul.*

Hij loopt nog een keer naar buiten om er zeker van te zijn dat hij alleen is.

Zorgvuldig spreidt hij de gebruiksaanwijzing uit op de werkbank en bestudeert de tekst nauwkeurig. Steeds herhaalt hij hardop de stappen.

Na een uur weet hij precies wat hij moet doen en haalt de extra grote rugtas onder het zadel van zijn scooter vandaan. Voorzichtig tilt hij de tas met de doos erin op zijn rug.

Hij loopt behoedzaam door het huis op zoek naar wat spullen van waarde.

De creditkaart van zijn moeder heeft hij snel gevonden in haar nachtkastje. Heel even aarzelt hij bij haar paspoort, maar hij laat het liggen. In de bureaula vindt hij tweehonderd euro en een gouden ring van zijn vader. Niets wijst erop dat dit zijn ouderlijk huis is. Er hangt geen enkele foto of andere herinnering aan hem. Zelfs geen jas of das meer aan de kapstok.

In de koelkast vindt hij een bakje garnalen, een bakje zalmsalade en een fles cola. Hij pakt een lepel uit de la en binnen enkele minuten zijn de bakjes leeg en is de fles nog maar half gevuld. *Misschien moet ik nog wat zomerkleren meenemen? Nee, die koop ik daar wel.*

Om twee uur sluit hij de voordeur en gedurende het ritje naar het huis van Sproet is hij ongekend voorzichtig. *Stel dat Lena er is?*

Sproets vader staat al buiten bij zijn bus te wachten.

'Goedemiddag, alles in orde?' roept hij naar de man.

'We gaan. Ik moet zeker twee keer rijden. Schiet op.'

Kuba zet zijn scooter weg, haalt zijn rugtas van zijn schouders en neemt plaats naast de man.

'Het pasje ligt in het voorvakje. Het geld heb ik op dit moment nog niet bij elkaar. Je moet het met de helft doen.'

'Dat is niet de afspraak. Denk je met mij tc kunnen sollen? Nou, dan heb je het goed mis,' bijt hij de man toe.

*Ik moet rustig blijven, eerst mijn klus afmaken, daarna is die vent aan de beurt.*

De man haalt zijn schouders op en rijdt de auto de weg op.

Het pasje ziet er professioneel uit.

Tijdens de rit praten ze niet met elkaar.

Bij de ingang van het centrum staan twee bewakers, die hun pasjes controleren 'U bent van de drankbevoorrading?'

Sproets vader knikt.

'U kunt de bus achter bij de keukeningang parkeren. Het is niet toegestaan in andere dan de voor u toegestane ruimten te komen. Er zijn vier medewerkers die u kunnen helpen met laden en lossen. Succes.'

'Ik sluit de tap wel aan,' zegt Kuba en samen met een van de medewerkers sjouwt hij het metalen toestel de keuken binnen. Daarna zet hij zijn rugtas behoedzaam op het rek achter hem. Na wat instructies van Sproets vader kan hij aan de slag.

*Hier lopen veel te veel mensen die op mijn vingers kijken.*

'Ik ga even de kelder in,' roept hij zonder specifiek iemand aan te kijken. Zo onopvallend mogelijk pakt hij zijn rugtas en loopt de keldertrap af.

Beneden aangekomen houdt hij zijn adem in en luistert aandachtig.

*Niets.*

Er staat een groot aantal vaten, kratten en dozen. Voorzichtig zet hij zijn rugtas neer en tilt het kostbare spul eruit.

Boven hem zijn mensen druk in de weer.

'Hé jongen, gaat het goed daar beneden?' roept iemand vanuit de keuken.

Hij verroert zich niet, neemt een hap lucht en roept: 'Ja, ik maak het in orde, ik ben zo klaar.'

Hij herhaalt de stappen in zijn hoofd en gaat systematisch te werk. Zijn handen trillen, maar hij heeft zichzelf redelijk onder controle.

Het duurt alles bij elkaar een minuut of vijf.

*Nu nog een onopvallende, maar voor Spin herkenbare plek vinden.*

Hij loopt een paar treden de trap op en roept: 'Er zijn wat problemen met de aansluiting van een paar vaten, ik heb het bijna gefikst.'

Geen reactie.

Weer beneden aangekomen gluurt hij rond.

Hij vindt een geschikte plaats, achter de boiler. Beheerst maakt hij zijn klus af.

Zijn lege rugtas hangt hij over zijn schouder en hij loopt rustig de trap op.

Zodra hij terug in de keuken is, steekt hij van wal met een vaag verhaal over het belang van goede aansluitingen.

'Ja, schiet nu maar op, je baas heeft al een paar keer naar je gevraagd,' roept een van de medewerkers.

'Oké, oké, maar ik moet er toch voor zorgen dat het een knalfeest wordt.'

# donderdag 24 april, 14.00 uur

## Spin

Hij schuift het gordijn een stukje opzij en constateert dat de politieagent in burger zich nog altijd aan de overkant van de straat bevindt. Sinds vanmorgen post de man in een onopvallende grijze Volkswagen tegenover hun huis. Nadat hij gisteren alles had opgebiecht aan hoofdagent Latour, had hij zich een moment opgelucht gevoeld, maar de vele lange uren daarna had dat gevoel plaatsgemaakt voor vreselijke angst, en een enorm schuldgevoel.

*Ik verraad mijn eigen broer.*

Hoofdagent Latour had gisteren aandachtig naar de opname van Kuba's verhaal geluisterd. Daarna had hij Spin een uur lang ondervraagd. Hij had alles bekend. De inbraak bij Laura thuis, de overval op Wergter, de ontvoering van Pieter-Jan, de hele toestand met Henkie. Ook de informatie uit het schrift had hij, voor zover hij die zich nog kon herinneren, doorgespeeld. De gegevens van de jongens waren zorgvuldig genoteerd. Dat de agent hem daarna complimenten had gemaakt voor zijn moedige gedrag, had Spin totaal niet verwacht. De agent had hem zelfs verzekerd dat hij er persoonlijk voor zou zorgen dat Spin en zijn familie geen gevaar zouden lopen. Daar stond wel tegenover dat alles wat er gezegd was, strikt geheim moest blijven. Kuba, maar ook de andere jongens mogen absoluut geen argwaan krijgen. Spin zal daarom het spel mee moeten spelen. Hij krijgt zondagmorgen een zender, waarmee ze hem overal kunnen volgen. Ze weten dan precies waar hij zich bevindt en wat er gezegd wordt. Het is noodzakelijk om

157

Kuba op heterdaad te betrappen. Een speciaal veiligheidsteam zal de komende dagen een plan van aanpak uitwerken.
Spin schrikt van zijn berichttoon.

*Het feest is vrijdag in de lokvogel om 10 uur.*
*Dresscode zwart.*
*Beloning wacht.*

*En als ik niet kom? Ik zal wel moeten, wil ik op de hoogte blijven van Kuba's zieke plannen.*
Hij had gehoopt dat het Laura zou zijn.
*Vorige week om deze tijd kende ik haar niet eens en nu weet ze waarschijnlijk meer van me dan mijn eigen broer of moeder.*

## donderdag 24 april, 19.00 uur

## Laura

De zusters en de psycholoog hadden haar uitgebreid complimenten gemaakt toen ze hen had laten zien dat ze kon staan. Toch was het allemaal een beetje langs haar heen gegaan.
*Hoe zou het met Tycho zijn? Wat heeft hij ze verteld? Geloven ze hem?*
Hij had haar een paar uur geleden wel een positief sms'je gestuurd en haar beloofd vanavond langs te komen.
Nog voordat het bezoekuur is begonnen, komen haar moeder en Mirte haar kamer binnen.
*Afleiding is op dit moment erg welkom.*
'Laura, je raadt nooit wat ik vanmorgen met de post heb gekregen!' roept haar moeder bij binnenkomst.
'Je sieraden.'
Het blijft stil. Haar moeder kijkt haar verbaasd aan.

'Hoe...

'Mam, je hebt je ring en armband weer om.'

'Ach, natuurlijk. Ik dacht even...'

'Waar is papa?' onderbreekt ze haar moeder.

'Je moet een dikke knuffel van hem hebben. Hij moest per se naar de bijeenkomst van de gemeenteraad. Het schijnt van groot belang te zijn om te weten wat er precies van ons verwacht wordt op de dag van de opening.'

'De opening?' valt ze haar moeder in de rede.

'Wat reageer je toch gespannen. Is er iets, Laura?'

'Nee, hoezo? Hoe laat worden jullie maandag verwacht?'

'Ik geloof dat we om elf uur aanwezig moeten zijn, maar laten we het over jou hebben. Wat geweldig dat je weer een paar stappen op eigen kracht kunt lopen. Ik ben trots op je. Mirte, vertel eens over de open dag in Amsterdam.'

'Het was, ja hoe zal ik het noemen...'

'Hou op, hou op. Ik wil het niet horen. Snappen jullie het dan niet? Ik heb iets anders aan mijn hoofd. Ik lig hier in het ziekenhuis en kan nog steeds niet normaal lopen.'

Dat ze zich ook enorm veel zorgen maakt over Tycho, durft ze niet te zeggen.

Mirte zet een stap achteruit en haar moeder probeert iets te zeggen, maar het is onverstaanbaar.

Laura vervolgt: 'Jullie hebben het altijd over school, over prestaties, over werk, over carrière. Alsof er niets anders is.'

Mirte grijpt zich vast aan een stoel.

*O nee, daar gaat ze weer.*

'Wat is nu belangrijk? Dat ik weer kan lopen, of dat ik goed presteer op school of met turnen?'

Het blijft stil.

Laura schraapt haar keel en zegt: 'Jullie hebben het waarschijnlijk niet eens in de gaten, maar het lijkt wel of alles draait om goede punten, goede resultaten, goede manieren, noem maar op. Weten jullie eigenlijk wel hoe Mirte en ik ons echt voelen, wat wij echt willen? Ik denk dat de hyperventilatieproblemen bij Mirte ook te maken hebben met spanning. Ze krijgt het gewoon vreselijk benauwd van de hoge eisen die jullie aan haar stellen. Niet dat het jullie fout is, maar ik denk wel dat het nodig is om er eens over te praten en als het kan er samen iets aan te doen.'

Ze kijken elkaar alle drie afwachtend aan.

Wat iedereen denkt blijft onduidelijk, omdat Laura's mobiel de stilte en daarmee ook ieders gedachten verstoort.

Laura neemt op en luistert.

'Is goed. Tot zo,' is haar antwoord.

*Nu gaan ze natuurlijk moeilijk doen en willen ze weten wie er komt.*

'Ik denk dat ik maar eens ga. We hebben allemaal even tijd nodig om na te denken. Mirte, wil jij nog even blijven?' vraagt haar moeder.

'Nee, ik ga mee. Dag Laura, ik snap geloof ik wel wat je bedoelt en zal er eens heel goed over nadenken. Zet hem op met die benen van je. Ik hoop echt dat je dit weekend naar huis mag, gaan we lekker op de bank liggen niksen,' zegt haar zus.

Hun ogen ontmoeten elkaar en op precies hetzelfde moment verschijnt er een glimlach op hun gezicht.

Laura voelt aan de stevige omhelzing van haar moeder dat ze niet boos is.

Als haar zus en moeder weg zijn, heeft ze even tijd nodig om het afgelopen kwartier terug te halen en te bedenken wat het met haar doet.

Tycho lijkt dan ook verbaasd als hij haar met een blij gezicht aantreft.

'Hoi. Wat hebben ze met je gedaan? Je ziet er een stuk vrolijker uit dan gisteren.'

'Ja, ik snap het zelf ook niet helemaal, maar er gebeurt zoveel. Hoe is het met jou? Ga even zitten.'

Hij schuift de stoel bij haar bed, gaat zitten en pakt haar hand.
'Ik voel me echt zo, ik weet het niet, zo dubbel. Van de ene kant ben ik blij dat ik het heb verteld, van de andere kant ben ik bloednerveus.'
'Tycho, het komt goed. Het is heel dapper van je dat je dit hebt gedaan. Over een paar dagen is het voorbij en dan ben ik hier weg. Weet je dat het over drie weken al meivakantie is? Dat is een mooie kans om samen iets leuks te gaan doen. Een romantisch weekendje Parijs bijvoorbeeld.'
Hij kijkt haar met zijn mooie maar verdrietige ogen een tijdje zwijgend aan.
'Het komt goed, je hebt de juiste keuze gemaakt. Hiermee zorg je dat een heleboel mensen ongedeerd blijven. Ook mijn ouders, Tycho.'
*Die hulpeloze blik van hem.*
Ze kust zijn lippen, sluit haar ogen en vergeet even alle ellende.


## vrijdag 25 april, 11.00 uur

# Kuba

Hij had samen met Sproet op een paar oude matrassen in een van de schuren van boer Willem geslapen. Hun eigen optrekje was gisteren met de grond gelijk gemaakt. Tis en Sproet waren totaal uit hun dak gegaan, maar hij had ze gerust kunnen stellen door hen te verzekeren dat hij binnen een week een ander pand zou regelen.
Vannacht had zich steeds dezelfde film in zijn hoofd afgedraaid.
*Nog precies twaalf uur. Het kan niet misgaan. Alle voorbereidingen zijn getroffen. De nodige spullen zitten in mijn rugtas.*

Hij trekt zijn zwarte spijkerbroek en zwarte shirt aan.

*Stel dat ik de signalen had gemist dat Spin in het schrift had gelezen? Dan was ik waarschijnlijk niet eens op het idee gekomen de datum te vervroegen.*

Hij was er sindsdien van uitgegaan dat de kans dat Spin toch het lef zou hebben om zijn maten te verraden, klein, maar wel aanwezig was.

Hij had Sproet zojuist op pad gestuurd om Lena de opdracht te geven een maaltijd voor vijf personen te bereiden.

*Ik moet die jongen vandaag zo weinig mogelijk om me heen hebben.*

Hij voegt het nummer van het taxibedrijf bij zijn contacten, controleert de vluchttijd: 4 uur 30, en telt het geld: 9500 euro. Zorgvuldig stopt hij de biljetten in een envelop die hij in het binnenzakje van zijn rugtas opbergt.

Scooter belt hem.

'Klopt het dat je zonder verblijfsvergunning niet langer dan zes weken in het buitenland kunt blijven?'

'Nee, man, die vergunning kun je verlengen. Hoe is het trouwens met Spin? Heeft hij zin in het feestje vanavond?'

'Natuurlijk heeft hij dat. We laten hem wat biertjes drinken, of beter nog, we geven hem een pilletje.'

'Waar is-ie nu?'

'Geen idee. Moet je hem spreken?'

'Nee, maar ik heb geen zin in nog meer gezeik van hem. Heeft hij nog contact gehad met dat meisje?'

'Welk meisje bedoel je?'

'Waar-ie bovenop is gelazerd.'

'Nee man, dat durft hij niet meer, maar ik zal hem extra in de gaten houden en aanpakken als je dat wilt. Moet ik sowieso doen. Hij heeft zonder te vragen geld van me geleend.'

'Goed. We gaan vanavond helemaal los, kunnen we daarna nog een paar dagen bijkomen om ons weer op te laden voor de grote klapper.'

'En niet te vergeten op de relaxte tijd daarna,' zegt Scooter lachend.

'Ik zie je vanavond, Scoot. Denk aan je zwarte kleren en hou je ogen en oren goed open.'

'Doe ik. Mazzel.'

*Scooter is er nog altijd van overtuigd dat wij samen een mooie toekomst in Suriname tegemoet gaan. Dat we genoeg geld hebben om met zijn tweeën een strandtent te beginnen. De sukkel. Hij gaat nergens heen.*

Hij was gisteravond rond elf uur nog een keer langs het asielzoekerscentrum gereden. Voor zover hij had kunnen zien was er op dat tijdstip slechts één bewaker aanwezig geweest, bij de hoofdingang. Op de eerste verdieping hadden in enkele vertrekken lampen gebrand, maar op de begane grond, in de keuken dus, had het er uitgestorven uitgezien. Hij had het aantal stappen vanaf het zandpad tot aan de keukendeur ingeschat: vijftig. De spullen om de deur te forceren had hij ter hoogte van een houten bankje in een holle boomstam verstopt. Hij had getwijfeld of hij het pistool er ook in zou verbergen, maar dat had hij toch maar bij zich gehouden.

*Misschien heb ik het al eerder nodig.*

Ook de route die hijzelf daarna zou lopen, had hij meter voor meter uitgestippeld, tot aan de bushalte. Daar zal zijn taxi klaarstaan.


# vrijdag 25 april, 21.30 uur

## Spin

Zijn belofte aan de politie om niets van de informatie met anderen delen, had hij geschonden.

Hij had Laura niet alles verteld, maar wel dat de politie maandag zou ingrijpen en dat hij vanaf zondag een zender zou dragen.

'Dan horen ze dus straks ook wat wij tegen elkaar zeggen. Misschien moet ik je dan nu alvast bekennen dat ik je een lieverd en een stuk vindt,' had ze verlegen gezegd.

'Knapper dan Enrique Iglesias?' had hij willen weten.

Laura had hem helemaal ingepakt met haar antwoord: 'Nou, nou, je durft wel zeg, maar je komt wel heel dicht bij hem in de buurt hoor.'

*Ze houdt haar mond, zeker weten. Natuurlijk is zij ook bang dat het alsnog mis zou kunnen gaan, maar als er iemand dapper is, dan is het Laura.*

Zijn moeder heeft vandaag een goede dag. Ze heeft zich een beetje opgemaakt, een omelet voor hem gebakken en zelfs het huis gestofzuigd. Het idee dat ze hier misschien straks alleen zit, duwt hij maar heel ver weg.

Hij heeft Scooter de hele dag nog niet gezien.

*Hopelijk blijft het zo, maar mijn broer zal me er heus nog wel een paar keer aan herinneren dat ik vanavond met mijn zogenaamde vrienden een feestje ga bouwen.*

Om zijn broer geen aanleiding te geven om te twijfelen aan zijn inzet, heeft hij zijn zwarte broek en grijze sweater alvast aangedaan.

Hij had Laura beloofd haar op de hoogte te houden en haar morgen weer op te zoeken.

*Als ze dan nog in het ziekenhuis is. Ik hoop het wel. Ze loopt veel te veel gevaar als ze mee gaat naar de opening.*

Hoofdagent Latour had hem nog wel op het hart gedrukt tot aan het einde van het feestje te blijven en hem daarna te bellen.

Er wordt op zijn deur geklopt.

'Ben je er klaar voor, broertje?'

'Ja,' zegt hij en hij staat op van zijn bed.

Dan gaat zijn mobiel.

*Shit, nee.*

'Neem maar op hoor, of mag ik het niet horen?'

'Jawel hoor.'

Het is Laura.

'Hallo,' zegt hij met een krakende stem.

'Dag liefje, met mij. Hoe is het nu met je?'

'Goed, ik moet nu gaan. Ik bel je snel terug, oké?'

'Eh, ja oké, pas heel goed op jezelf. Dag.'

Scooter gaat voor hem staan. 'En wie was dat?'

'Gewoon een meisje dat ik ken.'

'Hoe heet ze dan?'

'Loes.'

'En ligt die Loes toevallig in het ziekenhuis en heeft ze toevallig een week geleden een ongeluk gehad? Iets met een maffe gast die boven op haar viel?'

De ogen van Scooter schieten vuur.

*Hij haat me.*

'Nou?'

*Wat kan ik doen?*

'Nou?' schreeuwt Scooter.

'Ja,' fluistert hij.

'Wat weet ze?'

'Niks.'

'Ik geloof je niet. Ik ga naar haar toe en zal zorgen dat ze niets meer kan zeggen.'

'Nee, Scooter. Ze weet niets. Ik zweer het je.'

Scooter kijkt op zijn horloge.

'Ik kan je wel verzekeren dat als ze ook maar iets weet, ze het heel jammer gaat vinden dat ze jou ooit heeft leren kennen. Geef mij die telefoon maar even. Je krijgt hem terug, maar ik wil geen problemen vanavond.'

'Dat meen je niet.'

'Nu.'

Zijn broer zet het mobieltje demonstratief uit en stopt het in zijn broekzak.

Scooter loopt de kamer uit en loopt rechtstreeks naar buiten.

*Hoe moet ik Latour bellen? Ik moet nu rustig blijven.*

Hij stapt achterop bij zijn broer en binnen tien minuten zijn ze bij De Lokvogel.

Sproet en Tis zitten aan de bar. Kuba komt hen tegemoet gelopen.

'Zo, broertjes, heel goed dat jullie er zijn. We krijgen over een halfuur een heerlijke maaltijd van Lena, dus eerst wat alcohol. Spin, ook een biertje?'

'Doe maar.'

'Ga zitten. Alle kosten zijn vanavond voor mij. En nog wat: als jullie straks dit café verlaten, zal jullie portemonnee een stuk beter gevuld zijn. Maar zover is het nog lang niet. Neem een biertje. We gaan alvast een beetje onze overwinning vieren.'

## vrijdag 25 april, 21.45 uur

## Laura

Het laatste telefoontje van Tycho had een vervelend gevoel bij haar achtergelaten.

*Was hij niet alleen? Waarom verbrak hij zo snel de verbinding? Hij wordt nu toch nog niet afgeluisterd?*

Morgenvroeg hoort ze eindelijk of ze naar huis mag.

*Dan kan ik bij Tycho zijn.*

*Kon ik maar iets doen. Ik lig hier maar, geïsoleerd van de buitenwereld, waar de meest afschuwelijke dingen gaan gebeuren als er niet op tijd*

*wordt ingrepen. Ik moet wat afleiding hebben, anders word ik stapel-*
*gek.*

Ze pakt haar laptop en ze zoekt op google naar informatie over de opening.

*Dat weet ik allemaal al.*

Ze typt de naam Kurt Bastiaan van Dam in, maar vindt geen zoekresultaten.

*Wat zei Tycho ook alweer over de informatie die in het schrift stond?*

Ze zoekt op internet naar sites over explosieven, maar stopt na het zien van enkele afschuwelijke plaatjes van slacht-offers.

*Een adres ergens in Brussel. Ja, dat schiet lekker op.*

Dan schiet haar de code te binnen die Tycho haar had verteld.

*Een aantal cijfers en de eerste twee letters van mijn naam. Ja, de cijfers vormden samen de datum van het ongeluk, de achttiende.*

Ze typt: 184LA.

Niets.

LA184.

Niets.

*O, wacht.*

LA1804

BRUSSEL-PARAMARIBO
VERTREK: 26-04-2008, 4.30 AM
AANKOMST: 26-04-2008, 8.35 AM

Ze staart naar de tekst.

*Wat is dit? Een vliegticket! Zaterdag zesentwintig. Dat is vannacht!*

*Kuba gaat vannacht weg.*

*O nee. Als hij vannacht weggaat, zal hij vanavond zijn plannen uit-voeren. Tycho! Nee, nee, nee. Hij heeft iedereen erin geluisd. Ik moet nu Tycho waarschuwen.*

Haar hart gaat enorm tekeer.

Ze zoekt zijn nummer op.

*Neem op, neem op, neem op.*

*Er is iets mis. Hij neemt altijd op.*

Ze probeert het nog een keer.

*Nee, wat nu?*

*Hoofdagent Latour?*

Het duurt een eeuwigheid voordat ze het nummer heeft gevonden.

Met haar bevende hand lukt het haar nauwelijks de juiste toetsen in te drukken.

'Latour.'

'Met Laura van Ravensburger. Tycho is in gevaar. Ze gaan vanavond toeslaan. Ik weet het zeker. U moet nu naar hem toe gaan. Ik...'

'Laura, rustig. Hoe weet je dit?'

'Het nummer is een vluchtnummer van Brussel naar Paramaribo. Ik heb het op internet gevonden. Vannacht. Kuba gaat vannacht weg, dus vanavond gaan ze toeslaan. Ik weet het zeker. Tycho neemt niet op en hij reageerde daarvoor ook vreemd toen ik hem aan de lijn had.'

'Laura hoe kom je aan dat vluchtnummer?'

'Van Tycho, het stond in het schrift.'

'Hoe laat gaat die vlucht?'

'Vannacht om halfvijf.'

'En Tycho is nu in De Lokvogel?'

'Voor zover ik weet wel. Ik lig in het ziekenhuis, dus...'

'Ja, noem het vluchtnummer nog eens.'

'LA1804.'

Ze hoort hem toetsen indrukken.

'Goed, we gaan actie ondernemen. Blijf rustig. Neem geen contact op met Tycho. Laura, het komt goed. We laten heel snel iets weten.'

De verbinding wordt verbroken.

# vrijdag 25 april, 23.45 uur

## Spin

Lena had hem vragend aangekeken toen hij zijn nog halfvolle bord aan haar had teruggegeven.
Het bier weigeren is moeilijker. Kuba heeft hem al een paar keer luidruchtig laten weten dat hij het een persoonlijke afwijzing vindt als vrienden zijn drankjes afslaan.
Tis en Sproet hebben zo te zien al genoeg gehad. Ze kunnen hun ogen nauwelijks openhouden.
Kuba komt naast hem zitten en kijkt hem glimlachend aan.
'Oké, dan gaan we het anders aanpakken, vriend. Voor ieder biertje dat jij drinkt, krijg je van mij een briefje van honderd. Hoeveel briefjes heb je nog nodig?'
Hij antwoordt niet.
'Is mijn vraag niet duidelijk? Lena, zet eens paar biertjes klaar. Spin verdient het, hij heeft liefdesverdriet.'
*Niet reageren.*
Lena reageert ook niet, wat zo te horen niet echt goed valt bij Kuba.
'Hé, ben je doof of zo? Als ik nu eens een leuk geheimpje over jou vertel, dan wil je misschien wel naar me luisteren,' roept hij richting Lena.
Ze schudt langzaam haar hoofd. 'Ik zou mijn mond maar houden, vriend. Niet voor mij, maar ik wil je er even aan herinneren dat ik je kortgeleden nog een dienst heb bewezen. Weet je nog, dat alibi dat jullie nodig hadden?'
'Nou, nou, nou, wat aardig. Moet ik soms op mijn knieën gaan?'
Sproet gaat naast zijn moeder staan en tapt een paar glazen vol.

'Hier, Kuba, pak aan. Laat mijn moeder met rust.'
*Hoe lang moet ik dit nog volhouden? Ik ga kotsen als ik nog een glas bier op moet drinken.*
Het is kwart over twaalf. Normaal gesproken sluit het café over een uur.
Aan de bar zitten al de hele avond vier dronken stamgasten. *Vreselijke losers zijn het. Ze gieten zich zo vol dat ze de volgende dag niets anders kunnen doen dan kotsend op hun bed liggen. Waarschijnlijk hangt mijn eigen vader precies zo ergens in de kroeg.*
In de hoek zitten een jonge man en vrouw. Ze zijn een kwartier geleden binnengekomen.
Hij kent ze niet, maar ze hadden iedereen vriendelijk begroet toen ze binnen waren gekomen.
*Zijn het politieagenten? Nee, die gedragen zich anders, toch?*
De twee tonen na een tijdje nauwelijks nog interesse in hun omgeving, totdat een van de stamgasten opstaat en brult: 'Op die zwarten, misschien zit er wel een lekker wijfie voor mij bij.'
Kuba staat op en loopt langzaam naar de dronken man.
'Zo, dus jij vindt het wel een goed idee dat die zwarten in ons dorp komen wonen?' vraagt hij op een rustige, maar geïrriteerde toon.
'Jongen, wat kan mij het nu schelen? Ik hou wel van vrouwen met van die lekkere stevige bruine billen. Beter dan die bleke kont van jouw moeder.'
*Dit gaat helmaal fout aflopen.*
Kuba's ogen schieten vuur. Hij zet nog een stap dichter naar de man toe, zodat hun gezichten elkaar bijna raken.
'Vuile hufter. Ik zou je nu in elkaar moeten slaan, maar je bent te smerig om mijn handen aan vuil te maken. Ik weet waar je woont,' bijt Kuba hem toe.
Tot ieders verbazing draait Kuba zich om.
*Dit heb ik nog nooit meegemaakt. Kuba die zich laat vernederen. Is hij nu plotseling bang of zo? Nee, Kuba is voor niemand bang.*

170

'Laatste rondje, jongens,' roept Lena.

Kuba loopt naar Tis en Sproet, die nog verder onderuitgezakt aan de bar hangen. Wat hij tegen de twee zegt kan Spin niet verstaan, maar aan de reacties van Tis en Sproet te zien is het behoorlijk grappig.

Daarna fluistert hij iets in Scooters oor en wenkt Spin.

*Wat moet hij nu weer van me? Ik moet wel meewerken.*

Scooter komt naar hem toe en zegt: 'Kuba heeft nog een verrassing voor ons. Hier is het toch afgelopen. Kom, dan gaan we nog even ergens anders chillen.'

Kuba tilt zijn rugtas op en loopt zonder iemand te groeten naar de deur.

Spin volgt hem met enorm veel tegenzin. Hij voelt zich beroerd en gespannen, maar weet dat hij er niet onderuit komt.

Het is een bewolkte nacht.

'Kom, ik wil jullie wat laten zien. We gaan lopen, het is niet ver,' zegt Kuba.

*Is Kuba zenuwachtig? Hij klinkt opgefokt.*

Met zijn drieën steken ze het Raadhuisplein over en ze lopen daarna de Heisteeg in.

*Wat heeft dit te betekenen? Had ik mijn mobiel nog maar.*

Scooter loopt naast Kuba. Spin blijft bewust een paar meter achter hen lopen.

*Blijf steeds bij Kuba in de buurt. Ja, gemakkelijk gezegd. Ik vertrouw dit helemaal niet.*

Na de Heisteeg lopen ze langs de handbalvelden richting de Uilenpas.

*Waar gaan we naartoe? Nee, toch niet naar het asielzoekerscentrum?*

Het zweet loopt over Spins rug.

*Dit klopt echt niet. Waarom zegt Kuba niets? Ik kan nu nog omdraaien, maar met die enkel kom ik niet ver. Waarom vraagt Scooter niets? Weet hij meer?*

Na een minuut of vijf staat Kuba plotseling stil. Hij graait iets uit een boom.

*Een koevoet?*

Scooter reageert in eerste instantie niet, maar als Kuba iets fluistert dat Spin niet kan verstaan, springt zijn broer opzij. De paniek in Scooters ogen verraadt zijn angst.

'Wat moet dit voorstellen?' roept Scooter.

'Jullie gaan nu heel goed naar me luisteren, ik...'

Scooter loopt een paar passen achteruit.

'Dat zou ik niet doen, vriend,' is het antwoord van Kuba en meteen daarna zet hij een pistool op Scooters slaap. Er valt een doodse stilte.

## zaterdag 26 april, 0.30 uur

## Laura

*Rustig blijven. Ik moet rustig blijven.*

De tranen stoppen niet meer, het trillen wordt erger, het ademen steeds moeilijker.

*Ik zie hem nooit meer terug.*

Ze stapt haar bed uit.

*Ik moet hier weg.*

Haar benen trillen. Ze zet haar rechtervoet voor haar linker. Het trillen wordt erger.

Huilend laat ze zich op de grond zakken.

*Help me dan toch. Iemand moet me helpen. Ik kan dit niet alleen.*

Ze pakt haar mobieltje uit haar broekzak en zoekt de naam van haar zus op in het adresboek.

*Is ze niet thuis? Dat kan niet. Neem op.*

'Met Mirte van Ravensburger.'

Ze slikt.

'Hallo, met Laura,' zegt ze snikkend. 'Mirte, kun je naar me toe komen?'

'Laura, rustig. Wat is er?'

De stortvloed van tranen houden haar woorden tegen.

'Laura, wat is er?'

'Ik... ben zo bang. Je moet me helpen.'

'Wat is er gebeurd?'

Er komen alleen maar tranen.

'Ik kom nu meteen.'

## zaterdag 26 april, 1.00 uur

# Spin

*Ik moet hier weg. De politie! Ze moeten die gek tegenhouden.*

Hij draait zich om.

'Ik zou hier blijven als ik jou was. Of betekent je broertje niks voor je? Ik schiet zo zijn kop eraf.'

De loop van het pistool wordt nog eens lomp tegen Scooters slaap gedrukt.

'Jullie gaan precies doen wat ik zeg.'

Scooter staat er totaal verlamd bij. Hij houdt zijn ogen dicht.

*Die gek is echt in staat mijn broer te vermoorden.*

Kuba's zware ademhaling is duidelijk hoorbaar. 'Spin, jij loopt nu via het pad naar de achterkant van het gebouw. Naar de keuken om precies te zijn. Je neemt deze koevoet mee. Eén tik en de deur is open. Je loopt via de keuken naar de kelder. Achter de rode boiler hangt een aantal staven. Het zijn explosieven, voor het geval je het spul niet herkent. Je hoeft niets anders te doen dan het zwarte draadje aan het rode draadje vast

173

te maken. De koperkleurige delen moeten elkaar raken. Draai ze goed strak. Daarna draai je de gele knop zover mogelijk naar rechts. Het is heel eenvoudig. Als je het goed doet, heb je nog net genoeg tijd om uit het gebouw te komen. Wij wachten een stuk verderop, bij de zijuitgang.'

*Het centrum opblazen? Ik?*

Pas nu opent Scooter zijn ogen. 'Doe het, Spin, doe het,' zegt hij jankend.

Kuba zwaait een keer met het pistool in de lucht en zet het daarna weer tegen Scooters hoofd.

'Je mobiel inleveren en lopen. Nu, nu! Blijf aan de zijkant. Als ze je zien, is je broer er geweest.'

'Scooter heeft m-mijn mobiel,' stamelt Spin.

'Laat zien!' roept Kuba.

Scooter beweegt zich niet.

'Schiet op, geef dat ding!'

Even later legt Scooter het mobieltje bevend in de hand van Kuba.

Heel kort durft Spin in Scooters paniekerige ogen te kijken.

*Ik doe het.*

Hij kijkt Kuba niet aan, zegt niets meer, pakt de koevoet en loopt met zware benen richting het centrum.

'Ik geef je precies twintig minuten, om kwart over één gaat hij eraan,' roept Kuba hem na.

Spin laat zijn tranen lopen. Denken lukt niet meer. Beelden wisselen elkaar in een razend tempo af. Het gezicht van Scooter, van Laura, van zijn moeder, van het schrift, van het pistool. Hij strompelt maar door en door. Nog ongeveer vijftig meter, dan is hij bij de ingang.

*Ik zie mijn moeder en Laura nooit meer terug. Dit wordt mijn dood. Alles is voor niks geweest. Hoe heeft Kuba iedereen zo voor de gek kunnen houden?*

Er brandt licht op de eerste verdieping.

*Ik moet iemand waarschuwen. Gewoon de eerste persoon die ik tegenkom. Nee, dan gaat Scooter eraan.*

Het is drie minuten over één.

Er zijn in de wijde omgeving geen huizen waar hij om hulp kan vragen. Schreeuwen heeft geen zin.

*Niets heeft nog zin.*

De hand die hem vanachter plotseling op de grond trekt, wordt daarna meteen op zijn mond gedrukt.

'Politie. Het is goed, rustig. We zijn jullie vanuit het café gevolgd. We pakken hem binnen een paar minuten, blijf vooral rustig,' wordt er gefluisterd.

'Ze moeten niet schieten, mijn broer is erbij,' stamelt hij.

Hij herkent de man uit het café.

Spin klampt zich vast aan de man. 'Om kwart over één schiet Kuba mijn broer dood. Jullie moeten nu iets doen.'

'Rustig blijven liggen,' zegt de man.

Het blijft heel lang stil.

*Straks hoor ik een schot. Scooter gaat eraan.*

Zijn hart slaat over door het plotselinge gekraak van de portofoon.

'We hebben de jongen met pistool overmeesterd. Beide jongens zijn ongedeerd,' hoort hij iemand zeggen, maar de woorden dringen nauwelijks nog tot hem door.

Alles draait. Het wordt zwart voor zijn ogen.